Contes et légendes du monde entier

TORMONT

ILLUSTRATIONS : TONY WOLF/PIERO CATTANEO
TEXTE : PETER HOLEINONE

ADAPTATION FRANÇAISE
DE P. KNECHT ET CATHERINE DE COATAUDON-KERDU

Édition originale DAMI EDITORE, ITALIE

Publié par :
LES ÉDITIONS TORMONT INC.
338 est, rue Saint-Antoine
Montréal, Québec, Canada

ISBN 2-921171-30-9
Imprimé au Canada

CONTES ET LÉGENDES DU MONDE ENTIER

TABLE DES MATIÈRES

Il y avait une fois....

...une enfant appelée Blanche-Neige qui fut abandonnée dans la forêt par une méchante marâtre.
Le destin lui fit rencontrer sept nains, voici leur histoire.

BLANCHE-NEIGE ET LES SEPT NAINS

Il était une fois... dans un grand château, la fille d'un prince qui grandissait heureuse, bien que sa marâtre fusse très jalouse d'elle. La petite fille était très belle: elle avait de grands yeux bleus et de longs cheveux noirs. Elle avait le teint si clair et si délicat que tout le monde l'appelait Blanche-Neige. Chacun pensait qu'elle était très très belle. La méchante marâtre était elle aussi très belle, et chaque matin elle interrogeait un miroir magique: "Miroir, miroir, gentil miroir, qui est la plus belle femme du royaume?"

Invariablement, le miroir lui répondait: "Toi, oh, ma reine!"

Mais, un sombre matin, la reine reçut une réponse bien différente: "La plus belle femme du royaume est Blanche-Neige!"

La reine, furieuse et folle de jalousie, songea alors au moyen de se débarrasser de sa rivale. Elle appela un serviteur qui lui était très dévoué et, avec la promesse d'une forte récompense, réussit à le convaincre d'emmener Blanche-Neige loin du château, au cœur de la forêt. Et là, loin des regards, il devait la tuer. Le serviteur, intéressé par la récompense, accepta et emmena la pauvre enfant. Mais, arrivé à l'endroit où il aurait dû accomplir son crime, il n'en eut plus le courage; il laissa Blanche-Neige assise près d'un arbre et s'éloigna en s'excusant. Blanche-Neige resta seule.

A la nuit, le serviteur n'étant pas revenu, Blanche-Neige se mit à pleurer, désespérée, seule dans l'obscurité de la forêt. Morte de fatigue, elle finit par s'endormir sous un arbre. Son sommeil fut agité: elle s'éveilla plusieurs fois en sursaut et scruta l'obscurité qui l'entourait. Plus d'une fois elle eut l'impression que quelque chose ou quelqu'un la touchait pendant qu'elle dormait. Finalement, l'aube vint et le chant des oiseaux éveilla la forêt: Blanche-Neige se leva. Tout un monde revenait à la vie, et la fillette comprit que ses peurs avaient été irraisonnées. Cependant, autour d'elle, la forêt était dense et les arbres lui semblaient un mur impénétrable. La fillette qui cherchait à s'orienter trouva par hasard un sentier, et, pleine d'espoir, elle se mit à le suivre. Elle marcha longtemps et déboucha enfin dans une clairière où elle vit une étrange maisonnette: la porte était minuscule, les fenêtres étaient minuscules, la cheminée était minuscule elle aussi.

Tout, en somme, semblait plus petit que la normale.

Blanche-Neige se baissa et poussa la porte : "Qui habite donc ici ? Oh ! comme ces assiettes sont petites ! Et ces cuillères aussi !" se disait-elle en furetant dans la cuisine.

"Ils doivent être sept, car je vois que la table est dressée pour sept personnes !"

A l'étage, elle trouva une chambre et sept lits bien rangés. Redescendue à la cuisine, Blanche-Neige eut une idée:

"Je vais leur préparer quelque chose de bon à manger."

A la tombée de la nuit, sept petits hommes rentrèrent en chantant vers la maisonnette. Mais lorsqu'ils ouvrirent la porte, ils furent stupéfaits de trouver sur la table une soupe chaude et fumante, et leur maison rangée et nettoyée. Ils montèrent à l'étage et découvrirent Blanche-Neige endormie, recroquevillée sur l'un des petits lits.

Celui qui semblait être le chef de la bande l'effleura délicatement:
"Qui es-tu?" lui demanda-t-il
Blanche-Neige raconta sa triste histoire et de grosses larmes brillantes montèrent aux yeux des sept nains. C'est alors qu'en se mouchant bruyamment l'un d'eux déclara:
"Reste avec nous!"
"Hourra! Hourra!" s'écrièrent tous les autres nains, et ils se mirent à danser de joie autour de Blanche-Neige. Le son de l'accordéon et les chants de la joyeuse compagnie provoquèrent la curiosité des habitants de la forêt.

Les nains dirent à Blanche-Neige: "Tu peux vivre ici et t'occuper de la maison tandis que nous travaillons à la mine. Si ta marâtre a voulu t'abandonner dans la forêt, ne t'inquiète pas; nous sommes là pour t'aimer et te protéger!"

La fillette, émue, accepta l'hospitalité; et le jour suivant, les nains se rendirent au travail comme chaque matin, mais ils recommandèrent à Blanche-Neige de n'ouvrir la porte à aucun étranger. Cependant le serviteur était rentré au château, et il avait rapporté à la marâtre le cœur d'un cerf en lui disant que c'était celui de Blanche-Neige, afin d'obtenir la récompense promise. Celle-ci, satisfaite, interrogea son miroir, mais ce dernier lui ôta tout de suite ses illusions: "La plus belle femme du royaume est toujours Blanche-Neige, qui vit dans la forêt, dans la maisonnette des sept nains."

La marâtre fut folle de rage:

"Elle doit mourir à tout prix!" hurla-t-elle. Et après s'être déguisée en vieille paysanne, elle prit une pomme qu'elle empoisonna et la mit dans un panier avec d'autres fruits. Puis, pour atteindre plus rapidement la maisonnette, elle traversa le marais qui longeait la forêt. Elle arriva sans se faire voir, au moment même où Blanche-Neige saluait les nains qui partaient vers la mine. Blanche-Neige était à la cuisine lorsqu'elle entendit frapper à la porte: "Toc, toc!"

"Qui est là" demanda-t-elle, méfiante, en se souvenant des recommandations des nains.

"Je suis une paysanne et je vends des pommes!" fut la réponse.

"Je n'ai pas besoin de pommes, merci!"

"Mais ce sont des pommes merveilleuses, excellentes", insista la voix derrière la porte.

"Je ne dois ouvrir à personne!" répondit la fillette qui voulait bien suivre les conseils de ses amis.

"Tu as raison! C'est sage! Si tu as promis de ne pas ouvrir aux inconnus, tu as raison de ne rien acheter. Tu dois vraiment être une fillette bien sage! Pour ton obéissance tu seras récompensée, je vais te donner une de mes pommes!"

Blanche-Neige, sans réfléchir, entrouvrit la porte pour accepter le cadeau.

"Voilà, tiens! Goûte comme mes pommes sont délicieuses!"

Blanche-Neige mordit le fruit, et tomba aussitôt évanouie: le terrible poison, qui provoquait la paralysie et la mort apparente avait agi immédiatement.

La méchante reine s'éloigna en ricanant, mais la mort l'attendait au détour: comme elle traversait les marécages, elle trébucha et s'enlisa dans des sables mouvants pour disparaître à jamais.

Pendant ce temps, à la mine, le plus âgé des nains commençait à s'inquiéter car de gros nuages noirs assombrissaient le ciel. "Un orage se prépare! cria-t-il aux autres. Blanche-Neige doit avoir très peur! Retournons vite à la maison!" Et ils se mirent à courir aussi vite qu'ils le pouvaient sur l'étroit chemin qui longeait la montagne, bravant le tonnerre et les éclairs qui déchiraient le ciel.

Quand ils arrivèrent à la maison-nette, ils trouvèrent Blanche-Neige évanouie devant la porte. Voyant la pomme empoisonnée tout près d'elle, ils comprirent le grand malheur qui s'était produit. En pleurs, ils allongèrent Blanche-Neige sur un lit de pétales de roses et la veillèrent longuement.

Puis ils la portèrent dans le bois et la mirent dans un cercueil en cristal de roche. Chaque jour, en revenant du travail, ils passaient par là pour déposer une fleur.

Mais, un soir, ils trouvèrent un étranger agenouillé qui admirait le merveilleux visage de Blanche-Neige à travers le cristal.

Le prince, car c'était un prince, après avoir écouté toute l'histoire, suggéra: "Si vous me permettez de l'emmener au château, je ferai venir les plus célèbres médecins pour la tirer de cet étrange sommeil. Elle est si belle!... Je voudrais tant lui donner un baiser!..."

Comme par enchantement, le baiser du prince rompit le maléfice. La fillette était miraculeusement revenue à la vie.

Le prince, amoureux, lui demanda tout de suite de l'épouser, et, un peu à contre-cœur, les sept nains la laissèrent partir. Depuis ce temps-là, Blanche-Neige vécut heureuse dans un grand château: cependant, de temps en temps, elle ne pouvait s'empêcher de rendre visite à la maisonnette dans la grande forêt.

LA BELLE ET LA BÊTE

Il était une fois... un marchand qui, au moment de partir pour un long voyage d'affaires, demanda à chacune de ses trois filles ce qu'elle désirait en cadeau à son retour. La première lui demanda un vêtement de brocart, la seconde un collier de perles; la troisième, qui était également la plus gracieuse et la plus gentille, dit à son père: "J'aimerais que tu me rapportes simplement une rose que tu auras cueillie pour moi de tes mains."

Le marchand partit. Une fois ses affaires réglées, il prit le chemin du retour; mais une tempête le surprit. Fatigué, mort de froid, il désespérait d'arriver avant la nuit à une taverne; il en était encore loin, lorsqu'il vit briller une lumière au milieu d'un bois: c'était un château tout illuminé. "Espérons qu'ils pourront me donner l'hospitalité!" se dit-il; arrivé au portail, il constata qu'il était grand ouvert, et personne ne répondit à ses appels. Courageusement, il décida d'entrer, tout en continuant d'appeler. Dans le salon principal, un riche dîner était préparé sur la longue table illuminée par deux candélabres. La marchand hésita longuement, mais comme personne ne répondait, il décida de s'asseoir et de manger. Ensuite, piqué par la curiosité, il monta à l'étage supérieur: des salons et des pièces somptueuses donnaient sur un long couloir; dans la première pièce, un feu joyeux pétillait et un lit moelleux semblait l'inviter au repos. Il était tard et le marchand se laissa tenter; il s'allongea sur le lit et s'endormit profondément.

Un rayon de soleil passant par la fenêtre l'éveilla au matin. Près de son lit, une main inconnue avait posé un plateau d'argent avec des fruits et une grande tasse de café fumant. Le marchand prit son petit déjeuner, remit de l'ordre dans ses vêtements, puis descendit pour remercier celui qui l'avait si généreusement hébergé. Mais, comme la veille, il ne trouva personne; hochant la tête devant cette étrange situation, il se dirigeait vers le jardin pour rejoindre son cheval qu'il avait attaché à un arbre, lorsqu'un grand buisson de roses attira son attention. Il se souvint alors de la promesse faite à Belle, sa troisième fille, et se pencha pour cueillir une fleur. C'est alors que, du rosier touffu,

sortit une bête horrible mais portant de merveilleux vêtements; de ses yeux injectés de sang, pleins de rage, elle fixait le marchand et lui dit d'une voix profonde et menaçante:

"Ingrat! Je t'ai offert l'hospitalité, tu as mangé à ma table et dormi dans mon lit, et pour tout remerciement tu voles les fleurs que je préfère! Je te tuerai pour ce manque d'égard envers moi!"

Le marchand, l'implora:

"Pardon! Pardon! laisse-moi la vie sauve! Je ferai tout ce que tu me demanderas! Je n'ai pas cueilli cette rose pour moi, mais pour ma fille, Belle, à qui je l'ai promise!"

La bête retira la patte qu'elle avait déjà posée sur le malheureux:

"Je te laisserai partir, mais à condition que tu fasses venir ta fille ici!"

Le marchand, épouvanté, conscient d'avoir échappé à une mort certaine, promit de s'exécuter.

Il arriva chez lui en pleurant et raconta son effroyable aventure à ses trois filles; Belle le tranquillisa tout de suite:

"Père, je ferais n'importe quoi pour toi! Ne t'inquiète pas, tu pourras tenir ta promesse et avoir la vie sauve! Accompagne-moi au château et je resterai là-bas à ta place!"

Le père embrassa sa fille: "Je n'ai jamais douté de ton affection, et je te remercie de me sauver la vie. Mais espérons que, par la suite..."

C'est ainsi que Belle se rendit au château; la Bête accueillit la jeune fille de façon tout à fait inattendue: au lieu de la menacer de mort, comme elle l'avait fait pour le père de Belle, elle fut extrêmement aimable. Belle, était effrayée, mais elle se rendit compte qu'elle ressentait moins de répulsion au fur et à mesure que le temps passait.

On lui avait donné la plus belle chambre du château et elle passait de longues heures à broder près de la cheminée. La Bête, assise près d'elle, la regardait en silence pendant des heures, puis, petit à petit, elle commença à lui dire quelques mots gentils, et Belle finit par s'apercevoir avec stupeur qu'elle appréciait sa conversation. Les jours passaient et une confiance réciproque grandissait entre les deux êtres tellement différents l'un de l'autre; un beau jour, la Bête demanda à Belle de devenir sa femme.

Belle, surprise, ne sut d'abord que répondre. Epouser un monstre aussi repoussant? Plutôt mourir! Mais elle ne voulait pas blesser celui qui s'était montré aussi aimable envers elle, et ne pouvait pas non plus oublier qu'elle avait eu la vie sauve.
"Je ne peux vraiment pas accepter!" commença-t-elle d'une voix tremblante. "Je voudrais tant..."
La Bête l'interrompit d'un geste brusque:
"Je comprends, je comprends! Je ne vous garderai pas rancune pour ce refus!"
En effet, la vie de tous les jours continua comme si de rien n'était. Un jour, la Bête offrit à Belle un magnifique miroir doté d'un pouvoir magique: Belle, en regardant le miroir, pouvait y voir sa famille lointaine.
"Ainsi la solitude vous pèsera moins", furent les mots aimables qui accompagnèrent le cadeau. Belle passait de longues heures à fixer ses parents dans le miroir magique; puis elle devint inquiète, et un jour la Bête la trouva en larmes.
"Que se passe-t-il?" s'informa la Bête, prévenante comme toujours.
"Mon père est très malade, il va mourir! Oh, je voudrais tant le revoir une dernière fois!"
Le Bête hocha la tête:
"Ce n'est pas possible! Jamais vous ne quitterez ce château!"
et elle s'en alla, furieuse.

Elle revint toutefois, quelques instants plus tard, et annonça à Belle d'une voix très grave: "Si vous me promettez sur ce que vous avez de plus cher au monde que vous serez de retour dans sept jours, je vous laisse aller voir votre père!"

Belle, heureuse, se jeta à ses pieds: "Je le promets! Je le promets! Votre bonté rend heureuse une fille dévouée!"

Le père de Belle, qui était tombé malade surtout parce que sa fille était prisonnière de la Bête à sa place, se sentit tout de suite mieux lorsqu'il put serrer Belle dans ses bras; et il commença à se rétablir rapidement. Belle restait de longues heures près de lui et lui racontait tout ce qu'elle faisait au château; elle lui expliquait combien la Bête se montrait gentille et prévenante envers elle. Les jours passèrent rapidement, et finalement le père de Belle put se lever de son lit, guéri.

Belle était enfin heureuse, mais elle ne s'était pas rendu compte que sept jours avaient passé; une nuit elle se réveilla en sursaut, après avoir fait un rêve terrible: la Bête était mourante et prononçait son nom dans un râle d'agonie: "Belle, reviens! Reviens vers moi!"

Est-ce par respect de la parole donnée ou sous l'impulsion d'une affection incompréhensible pour le monstre qu'elle se décida? Toujours est-il qu'elle partit immédiatement.

"Vite! Cours, mon beau cheval!" disait-elle en fouettant le destrier qui l'emmenait vers le château; elle craignait de ne pas arriver à temps.

Arrivée au château, elle monta les escaliers en courant et appela, mais personne ne répondit: toutes les pièces étaient vides.

Elle descendit alors au jardin, le cœur battant, prise d'un terrible pressentiment; la Bête était là, appuyée à un arbre, les yeux fermés, comme morte. Belle se jeta vers elle et l'embrassa:

"Non, ne meurs pas! Je ne veux pas que tu meures! Je t'épouserai..."

A ces mots, comme par enchantement, l'effrayant museau se transforma, et la Bête apparut sous les traits d'un beau jeune homme:

"Comme j'ai attendu cet instant, souffrant en silence de ne pouvoir révéler mon terrible secret! Une sorcière m'avait transformé en monstre; seul l'amour d'une jeune fille, qui m'acceptait tel

que j'étais, pouvait rompre le maléfice. Oh, chérie! Je suis tant heureux que tu veuilles m'épouser!"

Les noces furent célébrées quelques temps plus tard et depuis ce jour-là le jeune prince voulut qu'en l'honneur de Belle il n'y eût que des roses dans le jardin.

Voilà pourquoi, aujourd'hui encore, ce château s'appelle le Château de la Rose.

LE PETIT POISSON D'OR

Il était une fois... un pauvre
pêcheur qui habitait dans une
modeste maison au bord de
la mer. Un matin, il se rendit
à la pêche comme à l'accou-
tumée, chargé de filets.
"Gare à toi si tu reviens les
mains vides!" lui cria sa femme de la porte.
Arrivé sur la rive, il avait à
peine jeté ses filets qu'il vit
briller quelque chose au milieu des mailles fines.
"Quel étrange poisson!" se
dit-il, en prenant en main un petit poisson jaune. Sa surprise devint encore plus grande lorsque ce dernier lui adressa la parole:
"Gentil pêcheur, laisse-moi partir, je suis le fils du Roi de la Mer.
Si tu me libères, j'exaucerai tous tes désirs."
Le pêcheur, étonné par ce prodige, rejeta immédiatement le petit
poisson à l'eau.
Et lorsqu'il rentra chez lui et raconta l'étrange histoire à son
épouse, celle-ci le réprimanda:
"Mais comment? S'il t'a dit qu'il pouvait exaucer tous tes désirs, il
fallait lui demander quelque chose avant de le libérer! Retourne
sur la rive et si tu le trouves, dis-lui que j'ai besoin d'un nouveau
baquet. Regarde dans quel état est le nôtre!"

Le pauvre homme retourna vers la mer, et appela le poisson qui arriva aussitôt:
"Je suis là! Tu me cherchais?" dit-il en sortant sa tête de l'eau.
Le pêcheur lui expliqua le désir de sa femme et la réponse du poisson ne se fit pas attendre:
"Tu as été bon avec moi!
Rentre chez toi et tu verras que ton désir a été exaucé."
Croyant avoir enfin satisfait sa femme, le pêcheur, heureux, rentra chez lui. Il avait à peine ouvert la porte que sa femme s'écria:
"C'est bien vrai! Le petit poisson que tu as libéré est magique! Regarde! Le vieux baquet est redevenu neuf! Cependant, si le pouvoir du petit poisson est grand, nous ne devons pas nous contenter de voir exaucer un misérable vœu. Retourne au bord de la mer et demande-lui une grande maison neuve!"

21

Le pêcheur retourna à la mer en courant.

"Qui sait si je le retrouverai! Espérons qu'il ne soit pas reparti!"

"Petit poisson! Petit poisson!" appela-t-il une nouvelle fois de la rive.

"Je suis là! Que veux-tu encore?" fut la réponse du petit poisson.

"Tu sais, ma femme voudrait..."

"C'est bien ce que je pensais!... dit le petit poisson, que veut-elle cette fois?"

"Une grande maison!" murmura en hésitant le pêcheur.

"D'accord! Tu as été bon avec moi et j'exaucerai ton désir!"

Cette fois le pêcheur rentra chez lui lentement, en savourant la satisfaction d'avoir rendu sa femme heureuse avec une maison neuve. Il apercevait déjà le toit de la belle maison lorsque sa femme accourut au-devant de lui, comme une furie:

"Maintenant que nous savons à quel point le pouvoir magique du petit poisson est grand, nous ne devons pas nous contenter d'une maison! Demandons lui davantage! Cours tout de suite lui demander un vrai palais et non une simple maison comme celle-ci! Et de beaux vêtements! Et des bijoux aussi!"
Le pêcheur devint triste et pensa se fâcher.

Mais, habitué depuis des années à subir l'arrogance de son épouse, il ne sut pas refuser et retourna lentement vers la rive. Cette fois, il était inquiet; il appela le petit poisson qui tarda à se montrer. La mer, entre-temps, était devenue plus agitée...
"Je regrette de te déranger encore une fois, mais ma femme a changé d'idée, elle voudrait un beau palais et... et..."
Cette fois encore, le petit poisson exauça le pêcheur; mais il parut moins aimable qu'avant.

Soulagé à l'idée d'avoir réussi à satisfaire encore une fois son épouse, le brave homme s'en retourna chez lui. Sa maison était devenue une demeure princière. Quelle merveille! En haut de l'escalier qui conduisait au château, son épouse l'attendait impatiemment, vêtue comme une grande dame, couverte de bijoux.

"Retourne lui demander..."

"Mais comment? Un palais aussi beau?! Nous devrions nous contenter maintenant de ce que nous avons! Tu ne crois pas que tu exagères..." osa répondre le pêcheur en l'interrompant.

"Retourne sur tes pas, t'ai-je-dit! Obéis! Et demande-lui de me faire devenir impératrice!..."

Découragé, le pauvre pêcheur s'en retourna vers la mer. Une terrible tempête s'était levée. Le ciel était noir, de terribles éclairs déchiraient l'obscurité, et de violentes lames se brisaient sur la rive. Agenouillé sur les rochers, au beau milieu des embruns, il appela longuement le petit poisson, mais à voix basse; lorsque celui-ci apparut, il lui exposa la dernière requête de sa femme. Cette fois, le petit poisson, après avoir écouté en silence, ne répondit pas et disparut dans les flots. Le pêcheur attendit en vain, mais le petit poisson ne revint pas. Un éclair plus lumineux que les autres permit au pêcheur de se rendre compte que là-bas, au loin, là où il habitait, il n'y avait plus trace ni de la maison neuve, ni du palais. La vieille bicoque était de nouveau à sa place. Cette fois, il trouva sa femme en pleurs.

"C'est bien fait pour toi! Nous aurions dû nous contenter de ce que nous avions et non continuer à demander... demander encore, et toujours plus!" marmonna le brave homme.

Mais, au fond de lui-même, il était heureux que tout soit redevenu comme avant. Le jour suivant, et tous les jours qui suivirent, le pêcheur retourna au bord de la mer, comme il l'avait toujours fait, mais jamais il ne revit le petit poisson d'or.

LA PRINCESSE SUR UN PETIT POIS

Il était une fois... un prince qui était parti à la recherche d'une épouse et était rentré au château en annonçant à ses parents qu'il n'avait pas réussi. Le jeune homme était très difficile, et aucune des nobles jeunes filles rencontrées durant son voyage ne l'avait convaincu.

Il voulait une épouse non seulement belle et noble mais qui ait encore le port et les habitudes que seule l'éducation reçue dans un milieu raffiné pouvait donner. Un soir, alors qu'un terrible orage avait subitement éclaté, on entendit frapper de façon insistante au portail du château. Le père du prince ordonna à un serviteur d'aller ouvrir; sur le seuil illuminé par les éclairs, sous une pluie battante, apparut une jeune femme.

"Je suis une princesse, et je vous demande l'hospitalité pour moi-même et pour mon page; mon carrosse s'est embourbé et mon cocher ne pourra le tirer de l'ornière avant demain."

Entre-temps, la mère du prince était accourue pour accueillir l'étrangère; mais l'aspect de la jeune fille, avec ses vêtements mouillés et boueux, ne la convainquirent pas. Elle pensa alors s'assurer des origines princières de l'inconnue en usant d'un stratagème: "Préparez un lit très doux et je viendrai moi-même m'assurer que tout est en ordre!"

Elle se rendit donc à la chambre et fit mettre sous le matelas de nombreux duvets sur le lit; sous le dernier, elle plaça un petit pois et fit enfin entrer la jeune fille. La pluie et l'orage durèrent toute la nuit. Au matin, la mère du prince interrogea la voyageuse:

"Avez-vous bien dormi? Le lit était-il assez douillet?"

Le jeune fille répondit de façon très polie:

"Le lit était très tendre, tellement mou à dire vrai que j'ai senti quelque chose de dur sous le matelas; ce matin j'ai découvert ce qui m'a tenue

éveillée toute la nuit: un petit pois!"

La mère du prince pria la jeune femme de l'excuser pour ce désagrément puis courut chez son fils.

"Enfin! Une vraie princesse! Te rends-tu compte qu'elle a senti le petit pois que j'avais caché sous les duvets et le matelas! Seule une grande dame à la peau délicate pouvait s'en apercevoir!"

Ainsi le jeune prince trouva une épouse; après les noces, le petit pois fut exposé dans un écrin d'or et de cristal, au musée du château.

HANSEL ET GRETEL

Il était une fois... un pauvre bûcheron qui vivait dans la misère la
plus noire. Il habitait avec ses deux enfants, Hansel et Gretel,
dans une petite maison, au cœur de la forêt.
Sa seconde épouse maltraitait souvent les deux enfants et répétait sans cesse à son mari: "Dans cette maison il n'y a pas assez
à manger pour tout le monde, ou alors il y a trop de bouches à
nourrir! Il faudrait nous débarrasser de ces deux marmots!"
Et elle cherchait constamment à le convaincre d'abandonner ses
deux enfants dans la forêt: "Tu devrais les laisser loin, très loin
de la maison, afin qu'ils ne retrouvent plus le chemin du retour.
Quelqu'un les trouvera, les recueillera et les nourrira à notre place!" Le pauvre homme, découragé, ne savait que faire.

Hansel, qui avait entendu un soir la conversation de ses parents, consola sa petite sœur Gretel:
"Ne t'inquiète pas, nous réussirons à retrouver le chemin de la maison, même s'ils nous abandonnent dans la forêt!" Il sortit en cachette de la maison et se remplit les poches de petits cailloux blancs: il s'en retourna dormir. Cette nuit-là, la femme du bûcheron insista plus que d'habitude auprès de son mari pour qu'il abandonne les enfants. Et à l'aube, tous trois partirent vers le bois. Mais tandis qu'ils s'enfonçaient au plus profond de la forêt, Hansel, se mit à laisser tomber sur la mousse verte les petits cailloux blancs, un à un. A un certain moment, les deux enfants se trouvèrent seuls: leur père s'était éloigné sous un prétexte quelconque.

La nuit tomba, mais le bûcheron ne revenait pas.
Gretel pleurait, désespé-
rée; Hansel était aussi effrayé, mais il tentait de ne pas
le montrer et réconfortait sa
petite sœur:
"Ne pleure pas! Aie confiance
en moi! Je te promets que je te ramènerai à la maison, même si
notre père ne revient pas nous chercher!"
Par bonheur, c'était une nuit de pleine lune, et Hansel attendit
qu'elle soit bien haute dans le ciel; enfin, la froide lueur de la
lune filtra à travers les hauts arbres.
"Donne-moi la main, maintenant; tu verras que nous réussirons
à rentrer à la maison!"
Les petits cailloux blancs brillaient sous la lune; en les suivant, il
retrouvèrent leur chemin. Sans éveiller leurs parents, ils entrè-
rent dans la maison par une fenêtre ouverte et se glissèrent
dans leurs lits, épuisés et gelés, mais tranquillisés. Le lendemain
matin, lorsque la marâtre s'aperçut de leur retour, elle entra
dans une rage folle; mais comme elle ne pouvait pas faire voir
sa colère aux enfants, elle s'enferma dans sa chambre avec son
mari, se disputa avec lui et lui reprocha d'avoir mal exécuté ses
ordres. Le père, faible de caractère, protestait, partagé entre la
honte de son acte et la peur de désobéir à sa cruelle épouse.

La marâtre enferma à clé Hansel et Gretel dans leur chambre. Pour tout repas, ils reçurent un peu d'eau et un quignon de pain sec. Durant la nuit, le mari et sa femme continuèrent à se disputer; à l'aube, le père ouvrit la porte aux deux enfants et leur ordonna de le suivre dans le bois. Hansel n'avait pas mangé son morceau de pain et, lorsqu'il s'enfonça dans le bois, il ne trouva rien de mieux que de l'émietter pour laisser une trace derrière lui. Mais il n'avait pas pensé aux oiseaux de la forêt; à peine ceux-ci eurent-ils compris ce que faisait le petit garçon, ils le suivirent en sautillant et voletant, et picorèrent toutes les miettes.

Cette fois encore, le bûcheron trouva une bonne excuse pour
laisser les enfants seuls. Hansel tranquillisa cependant Gretel en
lui disant:
"J'ai laissé des traces, comme l'autre fois!"
Mais lorsque la nuit tomba, il se rendit compte avec terreur que
les miettes de pain avaient disparu.
"J'ai peur!" pleurait Gretel, désespérée. "J'ai faim, j'ai froid et je
veux rentrer à la maison!"
"N'aie pas peur, je suis là pour te protéger", lui disait Hansel
pour essayer de la consoler; mais il tremblait lui aussi devant les
ombres effrayantes et les yeux menaçants qui brillaient dans
l'obscurité.

Les deux enfants restèrent toute la nuit au pied d'un gros arbre, serrés l'un contre l'autre pour se réchauffer. Lorsque l'aube commença à pointer, ils partirent dans le bois à la recherche d'un sentier; mais ils durent se rendre à l'évidence: ils étaient perdus. Malgré tout, ils se remirent en marche et se trouvèrent soudain au beau milieu d'une petite clairière, devant une extraordinaire petite maison.

"Mais c'est du chocolat!" s'exclama Hansel en détachant un morceau de crépi du mur.

"Et ça, c'est du sucre candi!" dit Gretel en goûtant un autre morceau de la maison.

Affamés, les deux enfants se mirent à manger des morceaux qu'ils détachaient de la maison.

"Comme c'est bon!" disait Gretel, la bouche pleine, elle qui n'avait jamais goûté à tant de friandises.

"Nous resterons ici pour toujours!" répondit Hansel en dévorant un morceau de nougat. Ils étaient sur le point de détacher un morceau de la porte en biscuit lorsque celle-ci s'ouvrit silencieusement: "Tiens! Tiens! comme ces beaux enfants sont gourmands!" Une vieille femme au regard perfide était apparue sur le pas de la porte. "Entrez! Entrez! N'ayez pas peur!" continua-t-elle. Malheureusement pour Hansel et Gretel, la maison en sucre candi était celle d'une méchante sorcière qui s'en servait comme d'un piège pour attirer les victimes innocentes. Hansel et Gretel étaient vraiment mal tombés.

"Comme tu es maigre et mal nourri!"
s'exclama la vieille sorcière en bou-
clant le cadenas de la cage où elle
avait enfermé Hansel.
"Je vais t'engraisser et ensuite je te
mangerai!"
"Toi, tu m'aideras à m'occuper de la
maison. Et ensuite je te mangerai
aussi!" dit-elle, menaçante, à Gretel.
Par chance, la sorcière avait la vue
basse, et Gretel avait compris qu'elle
pouvait la faire voir encore moins bien
en frottant ses lunettes avec du beur-
re.
"Laisse-moi toucher ton petit doigt!"
ordonnait chaque jour la sorcière à
Hansel, afin de contrôler s'il grossissait.
Celui-ci s'était fait donner un os de poulet par sa sœur qu'il ten-
dait à la sorcière à la place de son petit doigt.
La vieille femme se fâchait:
"Tu es encore trop maigre! Mais quand donc grossiras-tu?"
Un beau jour, cependant, lasse d'attendre, elle commanda à Gretel: "Prépare le four, aujourd'hui nous ferons un beau rôti de petit
garçon!"
Peu après, la sorcière, impatiente et affamée, ordonna:

"Va voir si le four est assez
chaud!"
Gretel revint en pleurnichant:
"Je ne sais pas comment contrôler s'il est assez chaud!"
Furieuse, la sorcière hurla à l'enfant:
"Bonne à rien! Je vais le faire
moi-même!" Et lorsqu'elle se pencha vers la porte du four, Gretel la
poussa de toutes ses forces et
referma la porte de fer.
La sorcière subissait enfin le sort
qu'elle méritait.

Gretel courut immédiatement délivrer son frère, et ensemble ils retournèrent près du four pour s'assurer que la porte était toujours fermée; par prudence, ils mirent un loquet supplémentaire. Ils restèrent plusieurs jours, mangeant des morceaux de la maison; ayant renversé des affaires appartenant à la sorcière, ils trouvèrent un gros œuf en chocolat qui contenait un coffret plein de pièces d'or.

"La sorcière doit être réduite en cendres, maintenant, dit Hansel; nous allons emporter ce trésor!"

Il se préparèrent un grand panier de provisions et retournèrent dans le bois, cherchant de nouveau le chemin de leur maison. Cette fois, ils eurent plus de chance et le second jour ils retrouvèrent leur maison; leur père sortit et vint vers eux; il était en larmes. Enfin il leur annonça:

"Votre marâtre est morte, revenez vivre avec moi, mes enfants!"

Les deux enfants l'embrassèrent:

"Promets que tu ne nous abandonneras plus, jamais plus!" dit Gretel en passant les bras autour du cou de son père.

Hansel ouvrit le coffret:

"Regarde, papa! Nous sommes riches! Tu ne devras plus couper de bois..."

Et depuis, ils vécurent heureux tous les trois.

LA PETITE FILLE SAGE

Il était une fois... dans l'immense plaine russe, un petit village où la plupart des habitants s'adonnaient à l'élevage des chevaux. On était au mois d'octobre et, dans la capitale, se tenait comme chaque année un grand marché aux bestiaux; deux frères, l'un riche et l'autre pauvre, le premier monté sur un étalon, le second sur le dos d'une jument, se dirigèrent vers la ville. Vers le soir, ils firent étape dans une bicoque abandonnée et après avoir attaché les chevaux à l'extérieur, ils s'endormirent profondément sur un tas de paille. Mais au matin, une surprise les attendait: les chevaux qu'ils avaient laissés dehors n'étaient plus deux, mais trois. A dire vrai, le troisième n'était pas un cheval car il était né pendant la nuit: c'était un poulain vif que la jument avait mis bas. A peine avait-il eu la force de se relever, qu'il avait tété un peu de lait et commencé à faire ses premiers pas. L'étalon l'avait salué d'un joyeux hennissement et le poulain était auprès de lui lorsque les deux frères le virent au matin.

"Il est à moi!" s'écria immédiatement Dimitri, le frère riche. "C'est le fils de mon étalon!" Ivan, le frère pauvre, se mit à rire: "Personne n'a jamais vu un étalon mettre bas! Le poulain est le fils de ma jument!" "Non, il était près de l'étalon! C'est donc son fils, et il m'appartient!" Les deux frères commencèrent à se disputer, et enfin ils se dirigèrent vers la grand-place où se tenait le tribunal. Cependant, ils ne savaient pas que ce jour-là était exceptionnel. En effet, une fois par an, l'empereur avait l'habitude d'administrer lui-même la justice. Les deux frères furent donc admis à exposer leur problème et présentèrent leurs arguments respectifs. Il n'y avait évidemment aucun doute pour l'empereur; il savait bien à qui appartenait le poulain et était sur le point de donner raison au frère pauvre. Mais celui-ci, sans doute en raison de l'émotion qu'il éprouvait à se trouver devant son empereur, avait été pris d'un tic étrange: il ne cessait, en regardant son juge, de cligner de l'œil. L'empereur trouva que ce signe confidentiel était inadmissible chez un vilain de cette espèce, et il décida de le punir pour ce manque de respect. Il déclara qu'il était difficile, impossible même d'établir qui était le propriétaire du poulain; comme il aimait à poser des devinettes, il proclama au milieu des rires étouffés de ses conseillers:

"Comme je ne peux attribuer ce poulain ni à l'un, ni à l'autre, je décide qu'aura gain de cause celui qui sera capable de résoudre ces quatre devinettes: Quelle est la chose la plus rapide du monde? Quelle est la chose la plus grasse? Quelle est la chose la plus moelleuse? Quelle est la chose la plus précieuse? Je vous ordonne de venir dans une semaine au palais et de me donner vos réponses!"

A peine sorti du tribunal, Dimitri, le frère riche, chercha les réponses aux devinettes; mais il eut beau se creuser la tête, aucune ne lui vint à l'esprit. Rentré chez lui, il se rendit compte qu'il ne pouvait demander conseil à personne. Il vivait seul car, véritablement avare, il avait renoncé à se marier.

"Il faudra bien que je trouve quelqu'un qui accepte de m'aider à répondre aux devinettes; sinon je perdrai le poulain!"

Il se souvint alors d'une voisine à laquelle il avait prêté une pièce d'argent, et qui, avec le temps, lui en devait déjà trois car les intérêts avaient augmenté sa dette. Cette femme avait la réputation d'être très sage et très subtile; il pensa lui demander conseil en échange d'une remise sur la dette. La femme fit tout de suite preuve de malice, car elle insista pour que la dette fut complètement annulée en échange de ses réponses; elle lui dit ensuite:

"La chose la plus rapide du monde est le nouveau cheval bai de mon mari; personne ne le bat à la course! La chose la plus grasse est le cochon que nous élevons; personne n'a jamais vu une bête aussi énorme! La chose la plus moelleuse est le duvet que j'ai fait pour mon lit avec les plumes de mes oies; toutes mes amies me l'envient! La

chose la plus précieuse du monde est mon petit-fils de trois mois; personne n'a jamais vu d'enfant aussi beau et je ne le cèderais pas pour tout l'or du monde! C'est donc bien la chose la plus précieuse du monde!"

Dimitri ne fut pas très convaincu que les réponses de sa voisine fussent les bonnes, et il souffrit beaucoup d'avoir dû effacer la dette de la femme; mais au moins, il avait une réponse à donner à l'empereur. Il pensait en effet qu'il risquait d'être puni s'il n'en donnait aucune. Pendant ce temps, Ivan, qui était veuf, était rentré à sa bicoque; il y habitait avec sa fillette, une enfant d'à peine sept ans qui restait donc souvent seule; elle avait appris à réfléchir et était très sage pour son âge. Le pauvre homme se confia à son enfant, car pas plus que son frère il n'avait trouvé de réponse. La fillette resta silencieuse un moment puis répondit, sûre d'elle: "Tu diras à l'empereur que la chose la plus rapide est le vent glacial qui vient du nord en hiver; la chose la plus grasse est la terre de nos champs qui, par ses fruits, donne la vie aux hommes et aux animaux; la chose la plus douce est la caresse d'un enfant, et la chose la plus précieuse est l'honnêteté."

Le jour de l'audience arriva et les deux frères se présentèrent devant l'empereur; il était curieux de connaître les réponses de ses sujets. Il se mit à rire bruyamment lorsqu'il entendit les sottes réponses de Dimitri, mais il se fit attentif et son visage devint grave quand Ivan proposa les siennes. Les sages réponses du frère pauvre l'avaient mis dans l'embarras, surtout la dernière qui donnait l'honnêteté comme le bien le plus précieux.

L'empereur savait qu'il n'avait pas été honnête envers le pauvre homme en lui donnant tort, mais il ne voulait pas l'admettre devant ses courtisans; plein de colère il demanda: "Qui t'a suggéré ces réponses?"

Ivan expliqua que c'était sa fille. L'empereur, vexé, continua:

"Je veux que tu soies récompensé pour avoir une fille si sage et si intelligente. Tu auras le poulain que ton frère prétend sien, et en outre, tu recevras cent pièces d'argent. Mais! mais!..." et il fit un clin d'œil à ses conseillers: "Dans sept jours, tu reviendras avec ta fille qui, puisqu'elle est si sage, devra se présenter devant moi, ni habillée ni nue, ni à pied ni à cheval, ni chargée de présent ni sans présent. S'il en sera ainsi, tu recevras la récompense promise; autrement on te coupera la tête pour ton impudence!"

Toutes les personnes présentes se mirent à rire, en sachant bien que personne ne pourrait jamais résoudre le problème ainsi posé. Le pauvre Ivan s'en retourna chez lui désespéré, mais sa fille ne se troubla pas: "Dès demain, tu captureras sans les tuer un lièvre et une perdrix. Laisse-moi faire, tu recevras non seulement le poulain mais encore les cent pièces d'argent!"

Ivan ne savait pas à quoi allaient servir les animaux mais il avait absolument confiance dans la sagesse de sa fille et les captura. Le jour de l'audience, il y avait beaucoup de monde en palais pour assister à l'arrivée d'Ivan et de sa fille. Et tous la virent arriver vêtue d'un filet, chevauchant le lièvre et tenant en main la perdrix.

Elle n'était donc ni nue ni habillée, ni à pied ni à cheval. L'empereur s assombrit et dit: "Mais j'ai bien exigé ni avec un présent, ni sans!"

La petite fille tendit la perdrix à l'empereur qui voulut la prendre; mais l'oi-

seau s'envola. Le troisième ordre avait donc aussi été respecté. Malgré lui,
l'empereur commencait à admirer l'enfant et lui demanda aimablement:
"Est-il vrai que ton père est très pauvre et qu'il a absolument besoin du poulain qui vient de naître?"
La fillette lui répondit: "C'est vrai, nous vivons de sa pêche de lièvres dans
les rivières et de sa chasse aux poissons dans les arbres!"
"Ah! s'écria l'empereur triomphant; tu n'es pas aussi sage que tu en as l'air.
Depuis quand voit-on des lièvres dans les rivières et des poissons sur les arbres?"
Promptement la fillette répondit: "Et depuis quand un étalon met-il bas un
poulain?"
Le souverain et la cour éclatèrent de rire bruyamment; l'empereur s'exclama
alors: "Une fillette aussi sage ne pouvait naître que dans mon royaume."

LA PETITE SIRENE

Il était une fois... au fond du plus bleu des océans, un merveilleux palais où habitait le Roi de la Mer, un vieux et sage triton à la longue barbe blanche. Il vivait dans cette splendide demeure, faite de coraux multicolores et de précieux coquillages, avec ses cinq filles, de merveilleuses sirènes. Sirénetta, la plus jeune, était aussi la plus belle, et elle avait une voix merveilleuse; lorsqu'elle chantait en s'accompagnant à la harpe, les poissons arrivaient de partout pour l'écouter, les coquillages s'ouvraient et laissaient voir leurs perles, et même les méduses s'arrêtaient de flotter. La petite sirène chantait souvent, et chaque fois elle cherchait à apercevoir là-haut, au-dessus d'elle, le soleil dont les rayons filtraient à peine dans les profondeurs marines.

"Oh! comme je voudrais aller là-haut, et voir enfin le ciel que l'on dit si beau, entendre la voix des hommes et respirer le parfum des fleurs!"

"Tu es encore trop jeune!" lui répondait sa mère. "Dans quelques années, quand tu auras quinze ans, le Roi te laissera monter là-haut, comme tes soeurs!"

Sirénetta continuait donc à rêver, ne connaissant le monde des hommes qu'au travers des récits de ses sœurs; chaque fois que celles-ci revenaient au fond de la mer, elle les questionnait longuement pour satisfaire son insatiable curiosité. Dans l'attente du moment où elle pourrait enfin connaître l'univers nouveau, elle s'occupait de son merveilleux jardin de plantes marines. Les hippocampes lui tenaient compagnie et des dauphins venaient quelquefois jouer avec elle; seules les étoiles de mer, au caractère ombrageux, n'acceptaient pas son amitié.

Enfin, la veille du jour tant attendu de son anniversaire arriva; Sirénetta ne réussit pas à fermer l'œil de la nuit. Au matin, son père l'appela et, caressant ses longs cheveux blonds, il y fixa une fleur sculptée dans de l'ambre.

"Voilà, maintenant tu peux aller là-haut! Tu respireras l'air pur et tu verras le ciel, mais rappelle-toi que ce n'est pas notre monde! Nous pouvons seulement le contempler et l'admirer! Nous sommes les enfants de la mer, et nous n'avons pas d'âme comme les hommes. Sois prudente et ne t'approche jamais d'eux, ils ne t'apporteraient que des malheurs!"

A peine son père eut-il fini de parler, Sirénetta l'embrassa, longuement, puis elle s'élança en nageant, légère, vers la surface.

Elle nageait si vite avec sa queue souple que même les poissons ne réussissaient pas à la suivre.

Elle émergea soudain: quel enchantement! Elle voyait pour la première fois l'immense ciel d'azur. Le soleil s'était déjà couché à l'horizon, en laissant sur les flots tremblants un reflet doré qui s'éteignait lentement. Des mouettes qui volaient par là aperçurent la petite sirène et saluèrent son arrivée en lançant des cris aigus et joyeux. "Comme tout est beau!" s'exclama-t-elle, heureuse et battant des mains. Mais son étonnement et son admiration ne faisaient que commencer: un bateau s'approchait lentement du rocher où Sirénetta se trouvait.

Les marins jetèrent l'ancre, et le bateau commença à se balancer sur la mer calme. Sirénetta observait les hommes qui s'activaient à bord et allumaient des lanternes pour la nuit.

Elle entendait très distinctement leurs voix et leurs appels: "Oh! comme j'aimerais leur parler", se dit-elle. Puis elle regarda la longue et souple queue de poisson qu'elle avait à la place des jambes et soupira: "Je ne pourrai jamais être comme eux!"

A bord, soudain, tous les hommes parurent étrangement agités; quelques instants plus tard, le ciel fut rempli de lumières multicolores, et dans la nuit retentirent les bruits d'un feu d'artifice.

"Vive notre capitaine! pour ses vingt ans, hourra! Hourra!... Longue vie à lui!..."

La petite sirène, stupéfaite et émerveillée, avait aperçu le jeune homme à qui la fête était dédiée. Grand, brun, le port royal, il souriait, heureux; et Sirénetta ne réussissait pas à détacher son regard de lui; elle suivait, ravie, tous ses mouvements, tandis qu'une étrange sensation de joie mêlée de souffrance, qu'elle n'avait jamais éprouvée auparavant, lui serrait le cœur. La fête continuait sur le bateau, mais la mer n'était plus aussi calme qu'auparavant. Sirénetta, inquiète, comprit que les hommes couraient un grand danger; soudain, un vent glacial balaya les flots, et une terrible bourrasque surprit le bateau.

Sirénetta se mit à crier : "Attention ! Attention ! la mer...
Mais ses appels, couverts par le bruit du vent, ne furent pas entendus ; et les vagues, toujours plus hautes, finirent par briser le navire. Elle entendit les hurlements désespérés des marins et vit les mâts et les voiles se renverser sur le pont ; dans un bruit sinistre, le bateau finit par sombrer. Sirénetta, eut le temps d'apercevoir, dans la lumière d'un éclair, le jeune capitaine qui se lançait à l'eau, et elle se précipita pour lui venir en aide. Elle le chercha longuement dans les flots, sans le retrouver ; épuisée, elle était sur le point de renoncer lorsque, presque par miracle, elle le vit sur la crête blanche d'une onde gigantesque. Peu après, il était dans ses bras. Le jeune homme était évanoui ; la sirène, le soutenant, se mit à nager en pleine tempête, de toutes ses forces, pour l'arracher à une mort certaine. Pendant des heures et des heures, elle le tint dans ses bras, bouleversée de sentir tout contre elle cet homme qu'elle avait tant admiré lorsqu'il était sur le navire ; et la tempête se calma, aussi subitement qu'elle s'était levée. Dans l'aube grise qui se levait sur une mer encore livide, Sirénetta réalisa qu'elle était proche de la terre ; aidée par la marée, elle poussa le corps du jeune homme sur le sable de la rive. Comme elle ne pouvait marcher, elle resta longtemps près de lui, sa queue de poisson ondoyant au bord de l'eau ; elle lui tenait les mains et cherchait à le réchauffer de son corps. Mais un bruit de voix qui s'approchaient la fit rentrer subitement dans l'eau. "Venez vite ! Courez !" criait une femme.
"Il y a un homme sur la plage ! On dirait qu'il est évanoui..."

Il était sauvé!
"Le pauvre! C'est la
tempête..."
"Portons-le au château!..."
"Non, non, il vaut mieux demander
de l'aide..."
La première chose que le jeune
homme vit en ouvrant les yeux fut le
beau visage de la plus jeune des
trois femmes.
"Merci! Merci... de m'avoir sauvé..." dit-il à la belle inconnue.
Sirénetta, de l'eau, vit l'homme qu'elle avait arraché à la
mer se diriger vers le château, mais qui ignorait par qui il
avait été sauvé. En regagnant lentement le large, elle sentait qu'elle avait laissé sur cette plage quelqu'un dont elle
aurait voulu ne jamais se séparer. Qu'elles avaient été merveilleuses les heures passées au milieu de la tempête, en
soutenant le jeune homme! Alors qu'elle s'approchait du
royaume de son père, ses sœurs vinrent à sa rencontre, cu-
rieuses de savoir pourquoi elle était restée si longtemps à la
surface. Sirénetta commença à raconter toute l'histoire,
mais sentant un nœud se former au fond de sa gorge, elle
éclata en sanglots et se réfugia dans ses appartements.
Pendant des jours et des jours, elle resta enfermée dans sa
chambre, refusant même de manger: elle savait que son
amour pour le jeune capitaine était sans espoir: les sirènes
n'épousent pas les hommes.

Seule la Sorcière des Abîmes aurait pu l'aider. Mais à quel prix?
Elle se décida à lui demander conseil.
"...Donc tu ne veux plus de ta queue de poisson! Je suppose que tu veux deux jambes comme les femmes!" lui répondit l'horrible sorcière en se moquant d'elle du fond de son antre que défendait une pieuvre gigantesque.
"Fais attention, cependant! Tu souffriras atrocement, comme si on te coupait le corps en deux avec une épée, et chaque fois que tu poseras les pieds par terre tu sentiras une terrible douleur..."
"Peu importe! murmura Sirénetta, les larmes aux yeux, du moment que je pourrai retourner près de lui!"
"Je n'ai pas fini! continua la vieille sorcière; tu devras me donner ta belle voix: c'est le prix de ma magie et tu deviendras muette pour toujours! Mais rappelle-toi, si l'homme que tu aimes épouse une autre femme, tu ne pourras plus redevenir sirène, et ton corps se dissoudra comme l'écume dans l'eau!" "J'accepte!" dit Sirénetta; et elle se fit remettre l'ampoule contenant la potion magique qui devait réaliser le prodige. La sorcière lui avait révélé que le jeune capitaine était un prince, et ce fut sur la plage, près de son château, que Sirénetta abandonna la mer. Elle se traîna sur la rive et but la potion. Elle éprouva alors une douleur atroce qui lui fit perdre connaissance; lorsqu'elle revint à elle, comme dans un brouillard, elle aperçut tout près d'elle le visage tant aimé qui lui souriait.
Le terrible pouvoir de la sorcière avait permis le miracle: le prince, mû par une force mystérieuse, s'était rendu sur la plage au moment où Sirénetta y arrivait. C'est là qu'il la trouva, et, se souvenant de son propre naufrage, il couvrit de son manteau le corps immobile que la mer avait porté.
"Ne crains rien, désormais. Tu es sauvée! D'où viens-tu?" Mais Sirénetta, muette, ne pouvait pas lui répondre. Alors le jeune homme lui caressa le visage d'un geste doux: "Je te conduirai au château et je prendrai soin de toi!"
Durant les jours qui suivirent, Sirénetta commença une autre vie: on lui donna de merveilleux vêtements, et souvent elle accompagnait le prince dans ses promenades à cheval.

Un soir, elle fut également invitée à un grand bal à la cour; mais, comme la sorcière le lui avait prédit, chaque pas, chaque mouvement de ses jambes la faisait souffrir atrocement. La petite sirène supportait en silence les terribles douleurs, heureuse de pouvoir vivre près de l'homme qu'elle aimait. Malgré le fait qu'elle ne pouvait répondre par la parole aux attentions du prince, ce dernier s'était pris d'affection pour elle et la rendait heureuse en multipliant les amabilités. Il avait cependant encore le souvenir de la jeune inconnue de la plage, après le naufrage. Il ne l'avait pas revue, car elle était immédiatement repartie dans son pays. Même lorsqu'il était en compagnie de Sirénetta, pour laquelle il éprouvait une affection sincère, il continuait à penser à l'autre femme; la petite sirène comprenait qu'elle n'était pas l'élue du prince, et souffrait encore davantage. La nuit, Sirénetta sortait souvent en cachette du château, et se rendait au bord de la mer pour pleurer; une fois, elle eut l'impression d'apercevoir ses sœurs qui émergeaient de l'eau et la saluaient en agitant les bras: elle en fut encore plus triste. Mais le destin lui réservait une autre mauvaise surprise. Un jour, du haut des tours du château, on vit entrer dans le port un énorme navire, et le prince en personne descendit avec Sirénetta pour accueillir ses passagers. La jeune et belle inconnue que le prince portait depuis si longtemps dans son cœur en faisait partie. Le jeune homme, heureux de la revoir, courut vers elle. Sirénetta, pétrifiée, sentit une épée lui traverser le cœur: elle allait perdre le prince à tout jamais. Peu après, le prince demanda la main de la belle inconnue; elle non plus n'avait jamais oublié l'homme qu'elle avait trouvé sur la plage, et elle accepta avec joie. Quelques jours plus tard les noces furent célébrées puis les époux furent invités à faire un voyage sur le navire qui était encore dans le port. Sirénetta monta à bord avec eux, et le voyage commença. La nuit descendit; Sirénetta, le cœur plein de tristesse, monta sur le pont; elle se souvenait de la prophétie de la sorcière et elle était prête à sacrifier sa propre vie, à se dissoudre dans les flots.

49

Mais, de la mer, montèrent des appels familiers; elle entrevit ses
sœurs dans l'obscurité: "Sirénetta! Sirénetta!... C'est nous... tes
sœurs! Nous savons ce qui t'est arrivé!... Regarde! Tu vois ce poignard? C'est un poignard magique: c'est la sorcière qui nous l'a
remis en échange de nos cheveux... Prends-le, et avant que l'aube ne se lève, tue le prince! Si tu le fais tu pourras redevenir une
sirène comme autrefois et tu oublieras toutes tes peines!..."
Comme en rêve, le poignard à la main, Sirénetta se dirigea vers la
chambre où reposaient les époux; mais lorsqu'elle vit le visage du
prince endormi, elle lui donna un baiser furtif et remonta de nouveau sur le pont du navire. L'aube se levait déjà... elle jeta le poignard, et après avoir donné un dernier regard au monde qu'elle
quittait, elle se jeta dans les flots, prête à disparaître et à devenir
écume dans la mer où elle était née.

Le soleil qui se levait à l'horizon lança un long rayon doré sur la mer; Sirénetta se retourna dans l'eau glaciale pour regarder une dernière fois la lumière, mais tout à coup, comme par enchantement, une force mystérieuse l'arracha à l'eau et elle se sentit soulever toujours plus haut dans le ciel. Les nuages se coloraient de rose, la mer tremblait sous la première brise du matin, lorsque la petite sirène entendit un murmure au milieu d'un bruit de cloches: "Sirénetta! Sirénetta! viens avec nous!..."
"Qui êtes-vous?" demanda-t-elle, surprise de pouvoir de nouveau parler. "Où suis-je?"
"Tu es avec nous, dans le ciel. Nous sommes les fées de l'air! Nous n'avons pas d'âme comme les hommes, mais nous devons les aider et nous n'acceptons parmi nous que ceux qui ont démontré de la bonté pour eux!"
Sirénetta, émue, regarda vers le bas le bateau du prince et sentit que ses yeux se remplissaient de larmes, tandis que les fées de l'air lui murmuraient:
"Tu vois! Les fleurs de la terre attendent que nos larmes se transforment en rosée du matin! Viens avec nous..."

Il y avait une fois....

...un méchant loup affamé qui rôdait dans une grande forêt. Un jour il vit, posé par terre, un panier couvert d'une nappe blanche. Les yeux de la bête vorace observèrent les alentours...

LE PETIT CHAPERON ROUGE

Il était une fois... au milieu d'une épaisse forêt, une petite maison blanche où habitait une jolie petite fille, que tout le monde appelait le Petit Chaperon rouge. Un matin, sa maman l'accompagna jusqu'au portail du jardin, l'embrassa et lui dit : «Apporte ce panier plein de galettes à ta grand-mère qui est malade ; mais, je t'en prie, ne t'écarte pas du sentier et ne t'arrête jamais ; je crains que tu ne fasses de mauvaises rencontres.» Le Petit Chaperon rouge embrassa sa maman et partit en courant : «Ne t'inquiète pas ! Je courrai d'un trait jusqu'à la maison de grand-mère, sans m'arrêter !» Pleine de bonnes intentions, la petite fille se dirigea vers la forêt ; mais, peu après, les consignes de prudence de sa maman ne furent plus qu'un lointain souvenir.

«Quelles belles fraises ! Comme elles sont rouges...» Ayant posé
son panier, le Petit Chaperon rouge se pencha sur les fraises :
«Comme elles sont mûres, comme elles sont grosses ! Hmm, hmm !
Ce qu'elles sont bonnes ! Encore une ! Une autre ! C'est la dernière...
Encore celle-là... hmm !» Le rouge des fruits se détachait nettement
sur l'herbe, attirant l'attention de la petite fille qui courait çà et là, la
bouche pleine de la délicieuse saveur du fruit. Brusquement, elle se
souvint de sa maman, de ses promesses, de sa grand-mère, du
panier... Anxieuse, elle retourna en courant à la recherche du sentier. Ouf ! Le panier était encore là ! Le Petit Chaperon rouge reprit
son chemin en chantonnant.

A mesure qu'elle avançait, la forêt devenait plus épaisse ; tout à coup, un gros papillon jaune passa en voltigeant dans un rayon de soleil. Le Petit Chaperon rouge se mit à sa poursuite :

«Je vais t'attraper ! Je vais t'attraper...» s'écria-t-elle ; mais elle aperçut dans l'herbe de magnifiques marguerites.

«Comme vous êtes belles !» s'exclama la petite fille ; elle pensa à sa grand-mère et se mit à en faire un beau bouquet. Mais deux vilains yeux l'épiaient, derrière les arbres...

Le cœur du Petit Chaperon rouge commença à battre très fort, car elle entendait d'étranges bruissements dans la forêt.

« Il faut retrouver le sentier et partir d'ici sans tarder ! » se dit la petite
fille affolée. Finalement elle le retrouva, mais son cœur se remit à
battre très vite quand elle entendit une grosse voix lui demander :
« Où vas-tu, belle enfant, toute seule dans la forêt ? » « Je vais chez
ma grand-mère lui apporter des galettes. Elle est malade et m'attend
dans sa maison parmi les arbres, au bout de ce sentier ! » répondit le
Petit Chaperon rouge d'une voix chevrotante.
Le loup, car c'est de lui qu'il s'agissait, demanda alors gentiment :
« Est-ce que ta grand-mère habite toute seule ? »
« Bien sûr, et elle n'ouvre jamais à quelqu'un qu'elle ne connaît
pas ! » Ces paroles donnèrent au loup l'idée d'un plan astucieux et il
répondit, en avalant sa salive : « Au revoir, peut-être nous reverrons-
nous ! » Puis il se sauva à grandes enjambées.

Tout en courant, la langue pendante et l'eau à la bouche, le loup se dit : «Je vais d'abord manger la grand-mère et ensuite ce sera le tour de sa petite-fille !»

Il arriva bientôt devant la petite maison qu'il cherchait :

Toc ! Toc ! il frappa à la porte.

«Qui est là ?» demanda la grand-mère qui était dans son lit.

En essayant d'adoucir le plus possible sa grosse voix, la bête féroce répondit : «C'est moi, le Petit Chaperon rouge, je viens t'apporter des galettes parce que tu es malade !»

«Tire la chevillette et la bobinette cherra !» dit la grand-mère, sans se douter de rien ; mais déjà une ombre sinistre se projetait sur la paroi.

Pauvre grand-mère ! A peine arrivé dans la chambre, le loup l'avala d'une seule bouchée !

Un peu plus tard, le Petit Chaperon rouge frappa à son tour à la porte de la petite maison : «Grand-mère, est-ce que je peux entrer ?» demanda la petite fille.

Le loup, qui avait mis le bonnet et le châle de la grand-mère et qui s'était glissé dans son lit, répondit en essayant de prendre une voix fluette : «Tire la chevillette et la bobinette cherra !»

«Mais quelle grosse voix tu as !» s'étonna la petite fille.

«C'est pour mieux t'accueillir !» répondit le loup.

«Mais quelles grandes mains tu as !» s'exclama le Petit Chaperon rouge en s'approchant du lit.

«C'est pour mieux te caresser !» répondit le loup.

«Mais quelle grande bouche tu as !» murmura la petite.

«C'est pour mieux te manger !» hurla le loup. Et il sortit du lit d'un seul bond et dévora le Petit Chaperon rouge.

Pendant ce temps, un chasseur était sorti de la forêt; il aperçut
la maisonnette et eut envie de s'y arrêter pour demander à boire
et à manger. Depuis longtemps il poursuivait un grand loup qui
terrorisait les gens du voisinage, mais il avait fini par en perdre la
trace. Un étrange sifflement venait de la maison; le chasseur,
méfiant, regarda à travers la fenêtre...
... et il vit le grand loup, le ventre plein, en train de ronfler sur le lit
de la grand-mère.
«Le loup! Cette fois, il ne m'échappera pas!»
Lentement et sans faire de bruit, le chasseur chargea son fusil,
ouvrit doucement la fenêtre, pointa le canon de son arme sur la
tête de la bête et, boum!... tua le loup!
«Enfin, je t'ai eu!» s'écria le chasseur tout heureux.
«Tu ne feras plus peur à personne!» Puis il sortit un couteau et
ouvrit le ventre de la bête. Quelle ne fut pas sa surprise en voyant
sortir du gros ventre le Petit Chaperon rouge et la grand-mère,
saines et sauves.

«Vous êtes arrivé juste à temps!» murmura la pauvre vieille femme, encore toute bouleversée.

«Maintenant tu peux rentrer chez toi sans crainte, dit le chasseur au Petit Chaperon rouge; le sentier est sûr, désormais!»

La petite fille prit congé de sa grand-mère et repartit avec sa maman qui, inquiète, était venue la chercher.

Alors qu'elles avançaient rapidement parmi les grands arbres, le Petit Chaperon rouge dit à sa maman:

«Nous devons toujours suivre le sentier et ne jamais nous arrêter, si nous ne voulons pas faire de mauvaises rencontres!»

LE BRIQUET MAGIQUE

Il était une fois... un vaillant soldat qui rentrait de guerre. Malgré son courage, ses poches étaient restées vides et son épée était sa seule richesse. Alors qu'il passait par une forêt, une vieille sorcière l'arrêta en lui disant : «Beau soldat, aimerais-tu gagner une bourse de pièces de monnaie ?» «Des pièces ! Je ferais n'importe quoi pour un peu d'argent...» répondit le jeune homme.

«Bien ! fit la sorcière ; tu verras que ce ne sera pas difficile ! Tu dois entrer dans le tronc creux de cet arbre et descendre jusqu'à une caverne. Là, tu verras trois portes : en ouvrant la première, tu trouveras un gros chien avec des yeux gros comme des soucoupes, qui monte la garde devant un coffre plein de pièces de cuivre ; derrière la deuxième porte, un tas de pièces d'argent sera défendu par un chien aux yeux gros comme des meules de moulin. Enfin, si tu ouvres la troisième porte, tu trouveras un autre chien, aux yeux encore plus gros, près d'un tas de pièces d'or. Mais si tu étends ce vieux tablier devant les chiens, ils s'y coucheront sagement, et tu pourras prendre toutes les pièces que tu voudras. Qu'en dis-tu ?» Mais le soldat se méfiait : «Que veux-tu en échange ?» «Je veux seulement que tu me rapportes un vieux briquet, oublié par ma grand-mère il y a longtemps !»

Le jeune homme se mit une corde autour de la taille et se glissa dans l'ouverture. A son grand étonnement, il trouva les trois portes et les chiens, exactement comme la sorcière l'avait prédit.

Peu après, il était de retour, les poches pleines de pièces ; avant de remettre le briquet, il demanda cependant : «Que vas-tu en faire ?» La sorcière se jeta sur lui et essaya de le griffer : «Donne-le-moi immédiatement ! Donne, sinon...» Se voyant agressé par la mégère, le soldat s'exclama : «Ah ! C'est ainsi que tu me remercies ? Je vais te montrer, moi !» Il dégaîna son épée et trancha net la tête de la vieille. Puis il s'en alla en sifflotant et en faisant tinter les pièces dans sa poche. Il arriva ainsi à la ville : «Je vais enfin pouvoir manger et boire à volonté !» se dit-il en ouvrant toute grande la porte d'une belle auberge.

Jamais jusqu'alors, l'auberge n'avait accueilli pareil client : des déjeuners de plusieurs services, plus raffinés et plus abondants les uns que les autres, mais surtout de copieux pourboires à la fin de chaque banquet. Après des années d'une solde misérable, le soldat se crut devenu prince grâce à sa richesse soudaine. Il s'acheta d'abord une nouvelle paire de bottes puis, sur le conseil de quelques-uns de ses invités, il se rendit chez le meilleur tailleur de la ville. Quelques jours après, il portait un nouvel uniforme dont la splendeur faisait l'admiration de tous. Comme il était généreux, de nombreuses personnes l'entouraient et l'incitaient à dépenser son argent : jour après jour, il y eut des banquets, des bals, des promenades en carrosse, le théâtre et surtout des beuveries. Comme on pouvait le prévoir, l'argent vint à manquer, et d'un seul coup les amis disparurent. Ne pouvant plus payer l'auberge, il en fut chassé honteusement.

Le pauvre soldat se retrouva finalement dans une mansarde et, chaque jour, il dut serrer sa ceinture d'un cran. Finies la bonne humeur et l'allégresse ! Un soir, alors qu'il comptait le peu d'argent qui lui restait, il retrouva le briquet et il s'aperçut qu'il ne l'avait jamais utilisé. Il se mit à frotter la pierre et, à la première étincelle, le chien aux yeux grands comme des soucoupes apparut devant lui.

«A vos ordres, Monsieur!» dit la bête. Le soldat, abasourdi, bégaya:
«Apporte-moi beaucoup d'argent!» L'instant d'après, le chien était
de retour, serrant entre ses dents une bourse pleine de pièces de
cuivre. Chaque fois que le soldat frotta la pierre, le chien revint avec
d'autres pièces. Lorsqu'il frotta deux fois, c'est le chien aux yeux
grands comme des meules qui se présenta, chargé de pièces
d'argent, et celui des pièces d'or apparut quand il frotta trois fois. De
nouveau riche, le soldat choisit le meilleur hôtel de la ville et se mit à
mener une vie de grand seigneur. Lors d'une réception au palais
royal, il apprit que le roi empêchait quiconque d'approcher sa fille,
qui était très belle: quelqu'un avait prédit qu'elle deviendrait
l'épouse d'un simple soldat. Revenu à l'hôtel, le soldat frotta la pierre
et formula un nouveau vœu: «Amène-moi la princesse, même si ce
n'est que pour un instant!» Il avait à peine prononcé ces mots que le
chien revint avec la merveilleuse jeune fille, endormie.

Le soldat ne put s'empêcher de l'embrasser. Le matin suivant, la jeune fille raconta à ses parents ce qu'elle pensait avoir vécu dans un rêve. La mère chargea une dame de la cour de veiller nuit et jour sur elle. Le soir suivant, on aperçut le chien qui venait chercher la jeune fille et on donna l'alerte. La dame de compagnie de la reine se procura un sachet rempli de farine qu'elle cacha dans l'ourlet de la jupe de la princesse : la farine devait s'écouler par un petit trou et marquer ainsi le chemin parcouru. C'est ainsi que le soldat fut découvert et immédiatement arrêté.

La peine qu'exigea le roi était terrible : la pendaison ! Le jour de l'exécution, une foule immense se rassembla sur la place autour du gibet ; lorsque le condamné arriva, un murmure s'éleva : «Pauvre jeune homme ! Comme il est beau ! Mourir pour un baiser !» «C'est bien fait pour lui !» répliquèrent les gardes. Le bourreau approcha le nœud coulant de la tête du soldat, qui demanda à pouvoir une dernière fois fumer une pipe. Personne ne s'y opposa et le jeune homme, la pipe à la bouche, frotta plusieurs fois la pierre de son briquet. Les trois énormes chiens surgirent comme par enchantement. Le soldat donna sèchement un ordre et les trois bêtes se jetèrent sur les gardes ; les spectateurs applaudirent avec enthousiasme et crièrent : «Libérez-le ! Libérez-le !» Le roi, stupéfié par ce miracle, dut se résigner ; tournant la tête vers la reine, il chuchota : «Voilà la prophétie qui se réalise !» En effet, peu après, le jeune et riche soldat épousa la princesse ; et il utilisa une nouvelle fois le briquet, pour inviter les trois chiens à la somptueuse cérémonie.

LA PETITE FILLE AUX ALLUMETTES

Il était une fois... une pauvre petite fille qui, pour gagner sa vie, vendait des boîtes d'allumettes aux passants. Un soir de fin décembre, les rues recouvertes de neige étaient déjà désertes. Derrière des fenêtres éclairées, on entendait parfois rire et chanter : les gens s'apprêtaient à fêter la nouvelle année. La petite fille, elle, était tristement assise près d'une fontaine. Sa robe déchirée et son vieux châle ne pouvaient la protéger du froid et elle essayait de ne pas toucher le sol glacé de ses pieds nus. Ce jour-là, elle n'avait pas vendu une seule boîte d'allumettes et n'osait rentrer chez elle, de peur de se faire gronder par son beau-père. Elle ne parvenait presque plus à remuer ses doigts, transis par le froid : si seulement elle avait pu craquer une allumette ! Mais qu'aurait dit son beau-père d'un tel gaspillage ? Hésitante, elle prit tout de même une allumette et la frotta contre la boîte. Comme la flamme était chaude ! La petite fille rapprocha ses mains et, comme par enchantement, dans la lueur apparut un grand poêle allumé. Elle allongea ses petits pieds vers la chaleur, mais à cet instant l'allumette s'éteignit et la vision s'évanouit.

La nuit parut plus sombre encore et le froid plus vif ; un long frisson parcourut son petit corps.

Après avoir longtemps hésité, elle craqua une autre allumette en la frottant sur le mur et, cette fois, la lumière transforma le mur en une grande vitre derrière laquelle une table dressée, éclairée par un candélabre, semblait la convier à s'installer.

La petite fille tendit avidement les bras vers les plats ; elle crut pouvoir traverser la vitre, mais cette fois encore, la flamme s'éteignit et tout redevint comme avant.

Pauvre petite fille, un bref instant elle avait pu avoir tout ce que la vie lui avait jusqu'alors refusé : chaleur et nourriture. Ses yeux se remplirent de larmes, elle leva le regard vers les fenêtres illuminées, et pria pour qu'une petite partie de tout ce bonheur lui fût également destiné. Elle craqua alors une troisième allumette et le miracle fut encore plus surprenant.

Des milliers de petites bougies illuminaient un grand arbre décoré de guirlandes et de boules multicolores. «Comme il est beau!» s'écria la petite; et elle leva l'allumette miraculeuse. Elle sentit la brûlure de la flamme au moment où elle s'éteignait; les lumières des bougies partirent dans les hauteurs, puis l'obscurité remplaça la merveilleuse vision. Mais, tout à coup, une des lumières redescendit, laissant une longue traînée derrière elle.

«Quelqu'un est en train de mourir!» murmura la petite fille, en se souvenant du visage triste de sa grand-mère tant aimée qui lui disait: «Quand une étoile tombe, un cœur cesse de battre!»

Machinalement, elle craqua une autre allumette et vit cette fois apparaître sa grand-mère.

«Oh! grand-mère, reste! Reste avec moi!» Pour l'empêcher de disparaître comme les autres visions, la petite fille se mit à craquer, l'une après l'autre, toutes les allumettes de la boîte. La grand-mère restait là, lui souriant et la regardant tendrement; puis elle ouvrit les bras, et la petite fille s'y réfugia en suppliant: «Grand-mère, emmène-moi avec toi!» L'aube froide surgit; un pâle soleil illumina la fontaine et la rue glacée où gisait un corps immobile, entouré de multiples allumettes grillées. «Pauvre petite! disaient les passants, elle a cherché à se réchauffer!» Mais désormais la petite fille se trouvait là où l'on ne connaît ni le froid, ni la faim, ni la souffrance.

LE JOUEUR DE FLÛTE DE HAMELIN

Il était une fois... au nord de l'Allemagne, une ville du nom de Hamelin, située sur les rives d'un fleuve. Les habitants étaient des gens travailleurs, qui vivaient heureux dans leurs maisons de pierre grise entourant l'Hôtel de Ville. Les années passaient et le bien-être de chacun, dans la ville, ne cessait d'augmenter ; mais un jour, un événement extraordinaire mit fin à la tranquillité des habitants. Des rats, il y en avait toujours eu dans la ville, et même beaucoup. Mais ils n'avaient jamais représenté un vrai danger pour les citoyens de Hamelin. Car les chats avaient toujours résolu le problème de manière traditionnelle : en les mangeant. Mais brusquement, le nombre des rats augmenta démesurément. Les chats durent fuir devant le danger ; mais ils furent rattrapés et dévorés par les rats de plus en plus affamés. La grouillante armée envahit la ville et rien ne semblait pouvoir l'arrêter. Les rats s'attaquèrent d'abord aux greniers et aux provisions. Puis, ne trouvant plus rien d'autre, ils se mirent à ronger les tissus, le bois, bref tout ; sauf les métaux qui, eux, étaient trop résistants pour leurs dents. Les habitants, terrorisés, demandèrent à grands cris au conseil municipal de les libérer de ce fléau. Celui-ci siégeait depuis plusieurs jours déjà à l'Hôtel de Ville pour trouver une solution. « Il nous faudrait une armée de chats ! » Mais tous les chats avaient disparu. « De la nourriture empoisonnée... » Mais il ne restait plus beaucoup de nourriture, et le poison n'avait plus d'effet sur les rats.

«Nous devrions les attaquer à l'aide de gourdins», proposa avec véhémence un autre conseiller. «Jamais nous n'y arriverons tout seuls!» conclut tristement le maire. A ce moment, tandis que, dehors, la foule grondait, on entendit frapper vigoureusement à la porte. «Qui cela peut-il être?» se demandèrent les notables rendus inquiets par la foule en colère; on ouvrit quand même, avec prudence. Un étrange individu, grand et mince, vêtu de couleurs vives et coiffé d'un chapeau à plume, brandissait une flûte dorée sous les yeux des conseillers surpris. «J'ai déjà libéré d'autres villes de chauves-souris et de cafards. Pour mille florins, je vous débarrasserai de vos rats!» «Mille florins? Tu en auras cinquante mille si tu réussis!»

Bien que sceptique, le maire scella le pacte d'une solide poignée de main. L'étranger repartit en disant : «Ce soir, il est déjà tard, mais demain à l'aube, vous n'aurez plus de rats !» Lorsque le ciel commença à rougir des premières lueurs matinales, une étrange mélodie résonna dans les rues de la ville. Le joueur de flûte passait lentement entre les maisons, entraînant derrière lui une foule qui grossissait à chaque instant. Des rats de toutes les tailles débouchaient des portes, des grilles, des fenêtres et suivaient l'étranger. Sans cesser de jouer, l'insolite personnage se dirigea vers le fleuve et entra lentement dans l'eau jusqu'à la taille. Les rats le suivirent par vagues successives, et se noyèrent dans le courant qui les emporta.

Lorsque le soleil fut haut dans le ciel, il n'y avait plus un seul rat dans la ville, et tous les gens s'en réjouirent en poussant des cris de joie. A l'Hôtel de Ville, l'allégresse était à son comble. «C'est moi qui ai engagé l'étranger!» se vantait le maire devant tout le monde. C'est alors que l'étranger se présenta pour encaisser la récompense. «Cinquante mille florins! Jamais de la vie...» lui répondit-on. Indigné, le joueur de flûte s'écria : «Donnez-moi au moins mille florins...» Le maire ne le laissa pas poursuivre: «Désormais, les rats sont morts et personne ne peut les faire revenir. Contente-toi donc de cinquante florins, sinon tu n'auras rien...» Fulminant de colère, le joueur de flûte pointa son doigt menaçant vers les conseillers: «Vous vous repentirez amèrement de n'avoir pas tenu parole!» Et il disparut.

Un frisson d'angoisse envahit les conseillers. Mais le maire conclut en riant triomphalement : «Nous avons économisé cinquante mille florins !» Cette nuit-là, les citoyens, libérés du cauchemar des rats, eurent un sommeil plus profond que d'habitude. Tant et si bien que lorsqu'à l'aube l'étrange mélodie résonna de nouveau dans les rues, seuls les enfants l'entendirent et ils sortirent tous des maisons comme par enchantement. Le joueur traversa aussi la ville mais, cette fois, c'étaient des enfants de tous les âges qui le suivaient en silence, fascinés par l'étrange musique. Rapidement, le long cortège sortit de la ville, gagna les forêts et parvint au pied d'une grande montagne. Le joueur de flûte, étant monté sur un rocher noir, donna un signal avec son instrument et la vaste porte d'une caverne s'ouvrit en grinçant.

Lorsque le dernier enfant eut disparu dans l'obscurité à la suite du joueur, la porte se referma, puis un pan de la montagne s'effondra avec fracas, obstruant l'entrée à jamais.

Seul un petit garçon boiteux fut retrouvé, sa marche ayant été
ralentie par son infirmité. Et c'est lui qui raconta tout aux habitants
de Hamelin venus à la recherche de leurs enfants.
Malgré tous les efforts des gens angoissés, la montagne ne rendit
jamais les enfants, et pendant longtemps la tragédie fit de Hamelin
un endroit triste et silencieux. Bien des années passèrent avant
que la ville ne résonnât des voix d'autres enfants. Mais cette dure
leçon fut transmise de père en fils à travers les siècles et son
souvenir demeura pour toujours dans les cœurs.

LA REINE DES NEIGES

Il était une fois... un miroir que le diable avait fabriqué et qui pouvait transformer chaque chose en son contraire. Ainsi, un visage ouvert et rayonnant devenait sombre et menaçant, ou un regard de haine se changeait en œillade. Mais le miroir se brisa en mille morceaux, aussi petits que des grains de sable, qui se disséminèrent dans le monde entier, tout en conservant leur pouvoir maléfique : si on en recevait un dans l'œil, on devenait méchant ; le cœur, touché d'un de ces éclats, devenait de glace.

Dans une grande ville, deux enfants du nom de Kay et Gerda habitaient l'un en face de l'autre. Tout en n'étant pas frère et sœur, ils s'aimaient à tel point que les pousses de pois devant la fenêtre du petit garçon embrassaient, au-dessus de la rue, le rosier de la petite fille. D'une fenêtre à l'autre, les deux enfants se racontaient de longues histoires. Un soir, pendant que Kay regardait la neige tomber derrière la vitre, il vit devant lui un flocon blanc se transformer lentement en une très belle femme, toute de glace mais vivante. Interpellé par l'inconnue, Kay fut terrifié ; mais l'apparition s'évanouit aussitôt. Il ne savait pas qu'il venait de voir la reine des Neiges. L'hiver passa, et un après-midi de printemps, en parcourant un livre avec Gerda, Kay lui dit : « J'ai une douleur lancinante au cœur ! Et, dans un œil, j'ai comme une épine ! » Gerda rassura son ami : « Ne t'inquiète pas, on ne voit rien ! » Or, deux éclats du miroir du diable venaient de frapper Kay !

Victime du maléfice, Kay dit aussitôt à la jeune fille : « Comme tu es laide ! » et il s'enfuit en arrachant deux roses du balcon.
Depuis lors, le garçon devint de plus en plus méchant et personne ne put s'expliquer ce changement terrible. Seule Gerda continuait à l'aimer, en dépit des affronts et des humiliations qu'elle avait à subir.

L'hiver arriva plus tôt que d'habitude et, de mémoire d'homme on n'avait vu tomber autant de neige. Un jour, Kay sortit pour jouer dans la neige et il vit arriver, emmitouflée dans une fourrure toute blanche, la belle inconnue qu'un soir il avait entrevue. La femme s'arrêta devant Kay et lui dit d'attacher sa luge au traîneau qu'elle conduisait, tiré par une cheval blanc. L'attelage allait très vite. Soudain, il s'envola et traversa les nuages, traînant Kay, de plus en plus affolé. Le garçon, couché sur sa luge, n'osait pas faire un mouvement, de peur de tomber dans le vide. Puis ils descendirent doucement sur une immense étendue blanche, où brillaient à l'infini des lacs gelés.
«Viens dans mes bras !» dit la reine des Neiges, en ouvrant sa fourrure caressante. «Viens te réchauffer ici !» Kay se laissa embrasser par l'inconnue et sentit un frisson le parcourir au contact de deux lèvres glaciales sur son front.
La reine l'embrassa encore et d'un seul coup, le garçon, oubliant Gerda et tout ce qu'il avait vécu, plongea dans un profond sommeil. Pendant ce temps, Gerda cherchait désespérément Kay, mais personne ne l'avait vu. La jeune fille arriva jusqu'à la rivière et lui dit :
«Grande rivière, si tu as vu Kay ou si tu l'as emporté, dis-le moi, et en échange je te ferai don de ceci.» Et, prononçant ces paroles, elle jeta ses petits souliers dans la rivière. Mais le courant, insensible à la prière, les rejeta sur la rive.
Non loin de là, il y avait une petite barque abandonnée. Gerda monta et se laissa porter par le courant en lui adressant cette prière :

«Grande rivière, toi qui coules en silence depuis toujours et qui connais tout de la vie des hommes, mène-moi à Kay!»
Le soir, elle aborda sur une rive toute fleurie. Au milieu, dans une petite maison blanche, habitait une bonne fée, qui accueillit Gerda avec gentillesse, écouta son histoire et la consola. Coiffant avec un peigne magique la longue chevelure de la petite fille, elle lui fit oublier tout son passé: «Ainsi, pensait-elle, je la garderai toujours!»

Mais un jour Gerda vit une rose et se souvint du rosier sur sa fenêtre et donc de Kay. Elle avait soudain retrouvé la mémoire. Désespérée, elle s'enfuit dans la forêt, sans savoir comment retrouver son ami ; elle obéit cependant à une voix intérieure qui lui disait de ne pas perdre espoir. Après avoir longtemps erré, épuisée de fatigue et de privations, elle s'arrêta pour se reposer ; elle vit alors une corneille sortir d'un tronc creux et s'approcher d'elle en sautillant : « Si tu cherches Kay, moi je sais où le trouver ! Je l'ai vu dans le ciel, derrière le traîneau de la reine des Neiges. » Gerda avait enfin des nouvelles de Kay ; elle se mit à pleurer de joie. « Et où est son royaume ? » demanda-t-elle à la corneille. « En Laponie, où il fait toujours un froid glacial. Ce renne, qui est né là-bas, pourrait t'emmener ! » Gerda s'approcha du gros animal, lui mit les bras autour du cou en frottant son minois sur le museau humide : « Je t'en prie, aide-moi à retrouver mon ami ! » D'un doux regard le renne accepta et la petite fille l'enfourcha. Pendant un jour et une nuit, par monts et par vaux, le renne courut dans la forêt jusqu'à la toundra glacée, toute rougeoyante d'une aurore boréale.

Quand le renne déposa Gerda devant le blanc château de glace de la reine des Neiges, des milliers de flocons lui frappèrent le visage, au risque de l'étouffer. Mais la petite fille invoqua Dieu avec ferveur et, à l'instant, l'air redevint transparent. Gerda appela à grands cris : « Kay ! Kay ! où es-tu ? » Priant toujours, elle entra, transie, dans le palais et retrouva enfin son ami. Mais Kay ne la reconnut pas. Alors Gerda l'embrassa en pleurant, et ses larmes coulèrent sur la poitrine du garçon, faisant fondre le fragment du miroir maléfique. Kay se réveilla de son long sommeil ; en voyant Gerda, ses yeux se remplirent de larmes et le deuxième éclat sortit. Enfin, grâce à l'affection et à l'amour de Gerda, qui avait franchi tant d'obstacles, ils étaient à nouveau réunis. Le renne les reconduisit d'une seule traite dans leur ville natale. Les deux plantes refleurirent et s'embrassèrent, en signe de leur éternelle amitié.

LE RUISSEAU
ET LE PEUPLIER

Il était une fois... dans une grande forêt, au nord de la Russie, un bûcheron nommé Ivan. Jeune et vigoureux, il avait construit de ses mains une robuste maison en bois dont il était très fier.

Quand il l'eut terminée, il pensa que le moment était venu de chercher femme, mais les jeunes filles des alentours ne lui plaisaient guère. Il rêvait d'une femme très belle, grande, mince, blonde aux yeux bleus, et à la peau blanche.

Avec le temps, l'image qu'il s'était créée était devenue presque réelle : il en rêvait la nuit, et même le jour ; il croyait souvent la voir apparaître quand, fatigué et trempé de sueur, il abattait les arbres à puissants coups de hache. Les jours de fête, il allait dans de lointains villages, entrait dans les églises et les auberges, afin de chercher une jeune fille qui ressemblât à ses rêves. Mais il ne rencontra que des filles au regard terne et insipide, et aucune ne lui parut assez belle.

Le temps passait et cette quête paraissait sans fin. Le chemin qui le conduisait au travail longeait une belle maison aux volets verts. Soudain, le rideau d'une fenêtre se soulevait et une jeune fille au regard tendre se plaisait à l'épier : à son insu, le bûcheron avait éveillé l'amour dans son cœur.

La jeune fille se nommait Natacha, elle était très timide ; mais son amour pour Ivan était devenu si fort qu'un jour elle trouva le courage de l'attendre le long du chemin. « J'ai cueilli de mes mains ces fraises et je serais heureuse si tu les mangeais en pensant à moi ! »

« Elle n'est pas déplaisante, mais ce n'est certes pas la femme que je cherche... » pensa Ivan. Et il dévisageait Natacha, qui était devenue toute rouge de tant d'audace. « Je n'aime pas les fraises ! Merci quand même ! » répondit-il sèchement. Natacha le regarda s'éloigner et les larmes lui montèrent aux yeux.

Quelques jours plus tard, le bûcheron fut de nouveau arrêté par la jeune fille qui lui tendit un gilet de laine, en lui disant : « Quand tu rentres le soir, l'air est plus frais, ceci te protégera. C'est moi qui l'ai tricoté ! »

A ce tendre geste, Ivan répondit avec hauteur : « Qu'est-ce qui te fait penser qu'un homme comme moi a peur du froid ? » Cette fois, la rebuffade du jeune homme fit descendre deux grosses larmes sur les joues de la jeune fille, qui courut chez elle en sanglotant.

Avec la force du désespoir, et refusant de se donner pour battue, le lendemain elle attendit de nouveau le jeune homme sur le chemin. Elle tenait à la main une bouteille, qu'elle offrit au bûcheron en lui disant : «Tu ne pourras pas refuser une liqueur que j'ai distillée, en utilisant tous les fruits de la forêt. Elle te donnera des forces et te rappellera que je...» Ivan ne la laissa pas terminer : «Je ne bois pas et je n'aime pas les liqueurs!» Et il reprit sa route. Aussitôt après, il comprit qu'il avait été grossier. Il se retourna, mais la jeune fille avait disparu. Tout en marchant, il ne pouvait s'empêcher de penser : «Elle n'est pas vilaine ! Elle a de doux yeux... elle a de beaux cheveux... et puis elle doit être bonne ! Peut-être dois-je accepter au moins un de ses cadeaux. Il est vrai qu'elle n'est pas aussi belle que...»

Soudain, il revit en pensée l'autre femme, celle de ses rêves. Son cœur se mit à battre très fort et il ressentit un désir intense : «Comme je suis heureux !» s'exclama-t-il. C'est alors que le miracle eut lieu : une femme merveilleuse lui apparut entre les arbres, dans un nuage doré. De longs cheveux d'or encadraient un magnifique visage et le bûcheron se sentit interpellé par une voix mélodieuse : «Je suis Rosalka, une fée des bois ; veux-tu chanter pour moi ?» Ivan, fasciné, ne put détacher ses yeux du tendre regard de l'apparition enchanteresse. «Toute ma vie je chanterais pour toi, si seulement je pouvais...» et il tendit une main pour toucher la fée, mais celle-ci était déjà montée plus haut dans les branches. «Chante ! Chante, alors ! Ce n'est qu'en t'écoutant que je pourrai m'endormir !» Ivan, heureux, commença par de vieux airs entendus dans son enfance, puis il continua avec de doux chants d'amour, pendant que la fée assoupie répétait : «Chante ! Chante...» Jusqu'au soir, la voix de plus en plus rauque du bûcheron essaya de bercer le sommeil de la fée, et quand la nuit tomba il était fatigué et grelottant ; Rosalka lui demandait toujours : «Chante, chante, si tu m'aimes !» La voix toujours plus gémissante, le jeune homme continuait à chanter, tout en se disant : «Comme j'aimerais avoir un gilet pour me protéger du froid !» Alors, il se souvint de Natacha et se sentit envahi d'une profonde tristesse. «Comme je suis sot, voilà l'épouse que j'aurais dû choisir, plutôt que cette femme qui exige, sans rien donner en échange !» La voix de Rosalka ordonna encore impérieusement : «Chante, chante plus fort !» Ivan se sentit un grand vide au cœur et se rendit compte que seule la jeune fille au doux regard pouvait le combler. Il s'enfuit dans la nuit, mais il entendit une méchante voix crier : «Tu ne la retrouveras plus ! Elle a tellement pleuré son grand amour qu'elle s'est métamorphosée en ruisseau ! Tu ne la retrouveras plus !» Le soleil se levait quand Ivan, la mort dans l'âme, frappa à la porte de Natacha. Personne ne répondit. Terrifié, il s'aperçut que, tout près, serpentait un ruisseau d'eau claire qu'il n'avait jamais vu. Désespéré et tout en larmes, il plongea la tête dans l'eau : «Comment ai-je pu ne pas te remarquer, Natacha ? Comme je t'aime maintenant !» Et, levant les yeux au ciel, il fit une prière muette : «J'aimerais toujours rester près d'elle !» Un merveilleux sortilège transforma alors Ivan en un jeune peuplier, dont les racines étaient léchées par l'eau du ruisseau. Ainsi, Natacha garda toujours auprès d'elle l'homme de son cœur.

L'OISELET D'OR

Il était une fois... un grand temple où vivaient quelques moines
bouddhistes. Tout autour s'étendait un somptueux jardin, plein de
fleurs et de plantes rares. Les moines passaient des journées heu-
reuses en prière et en contemplation, et la beauté des lieux suffisait
à alléger le poids de leur isolement. Mais un jour, quelque chose
changea dans cette oasis de sérénité et les journées commencèrent
à sembler longues et ennuyeuses ; entre les moines ne régnait plus
l'harmonie passée, ils se mirent à se quereller. Que s'était-il passé ?
Un jeune moine était venu troubler cette paix, en racontant ce qu'il y
avait au-delà des murs du grand jardin : les villes, les lumières, une
vie pleine de distractions et de loisirs.
En entendant décrire cette vie si différente, les moines ne désiraient
plus vivre dans ce qui leur avait semblé jusqu'alors un paradis. Un
premier groupe, sous la conduite du jeune rebelle, déserta ; d'autres
suivirent.
Peu à peu, le temple se dépeupla et les mauvaises herbes commencèrent à envahir les allées du jardin, où plus personne ne se promenait en méditant. Même les cinq derniers moines qui étaient restés,
déchirés entre la dévotion pour ce lieu sacré et le désir de voir et de
vivre toutes ces nouveautés, se préparaient tristement au départ. Au
moment de quitter le temple, ils virent voltiger au-dessus d'eux un
oiselet d'or duquel pendaient cinq longs fils blancs. Sans trop savoir
pourquoi, les cinq moines saisirent chacun un fil et se trouvèrent
d'un coup transportés dans le monde dont ils avaient tant rêvé. Ils
virent telle quelle cette réalité inconnue : haine, misère, violence,
monde sans pitié, à jamais privé de paix. Il leur sembla faire un long
voyage.

Lorsque l'oiselet les ramena dans le jardin, ils décidèrent de ne plus jamais le quitter. L'oiselet vola trois fois au-dessus de leur tête, puis disparut dans le ciel. Les moines comprirent alors que l'esprit de Bouddha était venu les aider à retrouver la route du vrai bonheur.

LE NARCISSE

Il était une fois... dans la Grèce ancienne, un jeune homme appelé Narcisse que tous admiraient pour son incomparable beauté.
Il était fier de la perfection de son visage et de la grâce de son corps, et il ne perdait pas une occasion de contempler son reflet dans les plans d'eau. Il restait étendu des heures et des heures extasié, à admirer l'éclat de ses yeux noirs, la finesse de son nez, les contours sinueux de sa bouche, ses cheveux bouclés qui couronnaient le parfait ovale du visage. On aurait cru qu'un sculpteur était descendu du ciel pour créer, dans ce corps sans défaut aux membres harmonieux, l'image vivante du désir de beauté des hommes.

Un jour, il passa près d'un rocher surplombant l'eau transparente d'un petit lac de montagne qui reflétait son image.

« Narcisse, comme tu es beau ! Il n'existe aucune merveille plus grande sur terre ! Comme j'aimerais pouvoir t'embrasser ! » se dit le jeune homme en se penchant.

Le désir d'embrasser sa propre image devint plus intense, et Narcisse, s'approchant encore de l'eau, perdit l'équilibre et tomba. Ne sachant nager, il se noya pitoyablement, et quand les dieux s'aperçurent que la plus belle créature de la terre était morte, ils voulurent qu'un souvenir demeurât de ce corps merveilleux.

Ils le métamorphosèrent en une fleur parfumée, qui depuis lors fleurit au printemps à la montagne et que tout le monde appelle narcisse.

LE PRINCE RUBIS

Il était une fois... dans la lointaine Perse, un mendiant à qui la chance fit gagner une immense fortune. Les eaux du fleuve impétueux qui coulait près de la capitale étaient montées brusquement et, en se retirant, avaient laissé du limon sur les rives. Parmi les détritus, le mendiant vit briller une pierre rouge; il la ramassa et, l'ayant contemplée avec émerveillement, il courut chez un ami qui travaillait dans les cuisines du palais royal. «Combien de dîners me donneras-tu en échange de cette pierre brillante?» lui demanda-t-il plein d'espoir. «Mais c'est un rubis!» s'écria le cuisinier en examinant le joyau à contre-jour. «Tu dois le montrer tout de suite au shah!»

Le lendemain, le mendiant offrit la pierre à son souverain, qui lui demanda: «Où l'as-tu trouvée?» «Au bord de la rivière, Votre Majesté, dans la boue!» «Hmm! Comment le grand fleuve peut-il avoir laissé pareil trésor justement à toi, sans motif? Je te donnerai une bourse pleine de pièces d'or en échange de cette pierre! Es-tu content?»

Le mendiant, qui de sa vie n'avait vu que quelques pièces d'argent, n'en crut pas ses oreilles et répondit en balbutiant : «Voilà le plus beau jour de ma vie, Votre Majesté ! Je vous en remercie !» Avant de placer la grosse pierre dans le coffre où il conservait ses bijoux les plus précieux, le shah appela sa fille Fatima, qui était très belle, et lui dit : «Voici le plus gros rubis que j'aie jamais vu. Regarde comme il est parfait. Je t'en ferai cadeau quand tu auras dix-huit ans !» Fatima admira le joyau avec enthousiasme et se jeta au cou de son père : «Il est merveilleux, merci ! Je sens qu'il me portera chance !»

Quelques mois plus tard arriva le jour de l'anniversaire de Fatima et son père alla, comme il l'avait promis, chercher le rubis.

Mais, à peine avait-il soulevé le couvercle qu'il fit un bond en arrière : du coffre était sorti un beau jeune homme, qui lui dit en souriant : «La pierre que tu cherches n'est plus là ! J'ai pris sa place, je suis le prince du Rubis ! Ne me demande pas le pourquoi de ce prodige, c'est un secret que je ne puis révéler !»

S'étant remis de sa stupeur, le shah se mit en colère : «Je possédais une pierre extraordinaire et, en échange, je trouve un prince, et tout cela sans aucune explication !»

«Je regrette, Votre Majesté, mais rien ne pourra me faire dire pourquoi je suis ici !»

Le shah, contrarié par la réponse du jeune homme, trouva aussitôt le moyen de le punir de son arrogance : «Puisque tu as pris la place de mon rubis, tu seras désormais à mon service, n'est-ce pas ?»

«Certainement, Votre Majesté! répondit le jeune homme, sûr de lui;
je suis à vos ordres!»
«Bien! Je te donnerai mon épée d'or et je te promets même la main
de ma fille Fatima si tu réussis à tuer le dragon de la vallée de la
Mort, qui empêche les caravanes de traverser la forêt!»
De nombreux chevaliers jeunes et vaillants avaient déjà perdu la vie
en essayant de tuer le terrible dragon. Le shah pensait que le prince
Rubis finirait par subir le même sort; si, par contre, sa tentative était
couronnée de succès, Fatima aurait un valeureux prince comme
époux. Armé de l'épée du shah, le prince se rendit vers la vallée de
la Mort; lorsqu'il arriva à l'orée de l'effrayante forêt, il se mit de
toutes ses forces à appeler le monstre. Seul l'écho lui répondit, puis
il y eut un profond silence. A nouveau, le jeune homme hurla son défi,
mais en vain; le dragon restait invisible. Le prince s'appuya contre
un arbre, et il allait s'endormir lorsqu'un craquement de branches
cassées le fit bondir; la terre se mit à trembler, un sifflement effroyable se fit entendre, de plus en plus fort: l'abominable dragon
approchait.

Le jeune homme saisit l'épée des deux mains et se prépara au combat. L'énorme et horrible bête arriva devant lui, la gueule ouverte et les pattes aux longues griffes prêtes à le saisir. Contrairement aux chevaliers qui l'avaient précédé, le prince ne fut pas pris de terreur et ne recula pas, il avança même et asséna de terribles coups sur la nuque du dragon, tant et si bien que la tête hideuse se détacha du tronc.

De retour à la cour avec la tête du dragon, il fut accueilli comme un héros. Il demanda au shah de tenir sa promesse et de lui donner Fatima ; sa demande fut satisfaite. Tous étaient maintenant heureux. Mais Fatima était toujours plus curieuse sur les origines de son époux.

«Je ne sais rien de toi! se plaignait-elle; dis-moi au moins qui tu es et où tu as vécu jusqu'à présent!»

Chaque fois que le prince entendait ces questions, il devenait blême et répondait: «Je ne peux pas! Je ne peux pas te répondre! Tu ne dois pas me poser de questions, sinon tu risques de me perdre à jamais!» Le désir de savoir continuait à tourmenter Fatima. C'est ainsi qu'un jour, alors qu'ils étaient au bord de la rivière qui traversait le grand parc du shah, Fatima se jeta aux pieds de son mari en sanglotant, et le pria une fois de plus de révéler son secret.

Le jeune homme, pâlissant, répondit: «Je ne peux pas!»

Fatima insista: «Je t'en prie, je t'en prie!»

«Tu sais qu'il m'est interdit de te répondre...»

«Dis-moi au moins qui était ton père!»

Le prince du Rubis sembla hésiter, fixa longuement ses yeux sur l'épouse qu'il aimait tant, lui caressa doucement la tête et puis se décida:

«Je ne veux pas que tu souffres tant, si cette incertitude t'est insupportable, je te dirai alors que...»

Il allait révéler son secret lorsqu'une énorme vague l'entraîna dans la rivière, où un tourbillon l'engloutit en le faisant disparaître à jamais dans les eaux.

C'est en vain que la princesse, transpercée de douleur, courut le long de la rivière en appelant le disparu à grands cris. Rien ! Les eaux s'écoulaient à nouveau lentement, comme si rien ne s'était produit. Désespérée, Fatima appela les gardes à l'aide. Le shah lui-même accourut pour la réconforter. La princesse, depuis ce temps-là, s'abandonna à une profonde angoisse, parce qu'elle se rendait compte que par ses questions imprudentes elle avait provoqué la tragédie. Un jour elle vit arriver, toute essoufflée, son esclave la plus fidèle : «Ma princesse, cette nuit, j'ai vu quelque chose d'extraordinaire ! D'abord, de petites lumières en grand nombre sont apparues sur la rivière, les eaux se sont ouvertes et des milliers de petits génies ont parsemé de fleurs le rivage, où de magnifiques jeunes gens ont longuement dansé en l'honneur d'un vieillard qui semblait être un roi, assis sur un trône en or. Et près du trône, se tenait un jeune homme avec un rubis sur le front, qui me paraissait...»

Fatima eut un coup au cœur : peut-être ce jeune homme était-il son époux ? A la tombée de la nuit, elle alla au jardin avec sa servante et se cacha derrière les arbres. A minuit exactement, elle vit des milliers de lumières danser comme des vers luisants sur l'eau, des petits génies arriver miraculeusement, et enfin, solennel, vêtu d'une longue tunique dorée, un vieillard à barbe blanche, un sceptre à la main, accompagné d'un jeune homme.

Fatima reconnut immédiatement son prince dans le pâle jeune homme. Lorsque ce fut son tour de danser, elle le vit vaciller sur ses jambes. Le visage voilé, elle s'inclina alors devant le vieillard et se mit à danser comme une fée. On admira en silence la merveilleuse danseuse, puis on la salua par de longs applaudissements. Du trône s'éleva une voix : « Belle inconnue, demande-moi n'importe quoi, tu l'auras ! » Fatima écarta son voile ; désignant le prince, elle demanda : « Rends-moi mon époux ! » Le vieillard se leva : « Tu as la promesse du roi de toutes les eaux de la Perse ; tu retrouveras en effet mon fils, le prince Rubis, mais souviens-toi toujours de la raison pour laquelle tu l'as perdu et, à l'avenir, essaie d'être plus sage ! » Les eaux de la rivière s'ouvrirent et se refermèrent aussitôt sur le roi des Eaux et sa suite, laissant toutefois sur la rive, enfin heureux et réunis pour toujours, Fatima et le prince Rubis.

Il y avait une fois....

... un loup très très méchant qui voulait manger trois petits cochons.
Mais le plus sage des cochonnets fut plus malin que le loup.
Voici leur histoire.

LES TROIS PETITS COCHONS

Il était une fois... trois petits cochons qui avaient quitté leurs parents pour faire le tour du monde.

Pendant tout l'été, ils vagabondèrent à travers bois et plaines en jouant.

Personne n'était plus heureux qu'eux et ils se liaient facilement d'amitié avec tout le monde. Partout ils étaient accueillis avec plaisir, mais, lorsque la belle saison approcha de sa fin, ils s'aperçurent que tous retournaient à leurs occupations habituelles, en prévision de l'hiver.

L'automne arriva, avec les premières pluies, et les trois cochonnets éprouvèrent le besoin d'avoir une maison.

A contre-cœur, ils durent admettre que la période des divertissements était finie et qu'il fallait travailler comme les autres, s'ils ne voulaient pas se retrouver en hiver sans toit, au froid et sous la pluie.

Ils tinrent conseil, mais chacun prit une décision différente.

Le plus paresseux des trois décida de se construire une cabane de paille:

"En un jour ce sera prêt!" dit-il satisfait à ses frères.

"C'est trop fragile!" objectèrent-ils en secouant la tête. Mais il ne les écouta pas.

Le second cochonnet, moins paresseux, alla chercher des planches bien sèches et Pim! Pum! Pam!, à bons coups de marteau, il les assembla en deux jours.

Mais la maisonnette en bois ne trouva pas l'approbation du troisième qui décréta: "On ne peut pas construire une maison de cette façon! Il faut de la patience et beaucoup de travail pour bâtir quelque chose qui résiste au vent, à la pluie et, surtout, qui nous protège du loup!"

Les jours passèrent, et la maison du sage petit cochon s'élevait lentement, brique après brique. Ses frères, de temps en temps, se moquaient de lui: "Tu travailles trop! Ne veux-tu pas venir jouer avec nous?" Mais, têtu, il refusait: "Je veux d'abord finir ma maison: elle doit être solide; après, seulement, je songerai à jouer. Je ne serai pas aussi imprudent que vous. Rira bien qui rira le dernier!"

Ce fut le plus sage des trois qui remarqua qu'un gros loup avait laissé ses traces dans les environs. Alertés, ils se réfugièrent chez eux. Peu après, le loup arriva et fixa de ses yeux féroces la maisonnette de paille du petit cochon paresseux: "Viens dehors, je dois te parler!" ordonna le loup, l'eau à la bouche. "Je préfère rester ici", riposta le cochonnet dans un souffle. "Je te ferai sortir de là, moi!" hurla férocement le loup; et il gonfla sa poitrine, inspira le plus d'air possible; puis, avec toute la force de ses poumons, il souffla sur la maisonnette. La paille entassée par le naïf cochonnet sur de fragiles supports ne résista pas à cette terrible rafale. Fier de son exploit, le loup ne s'aperçut pas que le petit cochon avait profité de la chute de la paille pour courir se réfugier dans la maison en bois de son frère.

Quand il se rendit compte que le petit cochon s'était échappé, le loup se mit en fureur:
"Viens ici! Où cours-tu?" hurla-t-il en essayant d'arrêter sa proie qui entrait déjà dans la maison en bois.
Son frère tremblait lui aussi comme une feuille!
"Espérons que ma maison résistera! Appuyons-nous tous les deux contre la porte, comme ça il ne pourra pas entrer!"
De l'extérieur, le loup entendit parler les deux cochons et, à l'idée du double repas, affamé comme il était, commença à donner

des coups de poings contre la porte:
"Ouvrez! Ouvrez! Je veux seulement vous parler!" mentait-il.
A l'intérieur de la maison, les deux frères cherchaient désespérément à résister aux coups. Alors le loup, furieux, fit un nouvel effort: il gonfla davantage sa poitrine et Pff... Pfffffuummmm!
la maisonnette en bois s'écroula comme un château de cartes.
Heureusement, le sage petit cochon, qui avait tout vu de sa fenêtre, ouvrit rapidement la porte pour accueillir ses deux frères qui s'échappaient! Juste à temps, car le loup s'élançait déjà furieusement contre la porte!

Cette fois le loup resta perplexe: la maisonnette en dur lui semblait en effet plus solide que les deux autres. Il souffla une fois, puis une autre, puis une autre encore, mais en vain: la maisonnette était toujours là et les trois petits cochons le regardaient un peu plus rassurés. Epuisé par tous ces essais, le loup pensa recourir à une ruse; il prit une échelle et grimpa sur le toit pour examiner la cheminée. Ses mouvements n'échappaient cependant pas au sage cochonnet qui ordonna:
"Allumez le feu! Vite!" Le loup enfila ses longues pattes dans la cheminée; il hésitait pourtant à s'y laisser glisser. Ce n'était pas une entrée facile, mais les voix des petits cochons qui venaient d'en bas ne faisaient qu'augmenter son appétit. "Je n'en peux plus! Quelle faim! J'y vais!" et il se laissa tomber; mais l'atterrissage fut plutôt chaud, même trop chaud!

Le loup se retrouva dans le feu, tout étourdi. Les flammes s'attaquèrent à ses poils hérissés, sa queue se transforma en torche! Bref, tout son corps devint une masse roussie et fumante. Comme si cela ne suffisait pas, le sage cochonnet ordonna: "Frappez! Frappez dur!"
Le pauvre loup qui gémissait de douleur fut roué de coups et jeté dehors.
"Jamais, au grand jamais je ne redescendrai dans une cheminée!" hurlait-il en essayant d'éteindre sa queue en flammes. Il s'enfuit à toute allure et les trois frères se mirent à danser et à chanter de joie dans la cour:
"Trallala trallala, le méchant loup ne reviendra pas!"

Depuis ce mémorable jour, les frères du sage petit cochon se mirent au travail et, en peu de temps, deux autres maisonnettes en brique s'ajoutèrent à la première. Une fois encore le loup revint rôder dans le coin, mais à la vue des trois cheminées il eut l'impression de ressentir la terrible douleur de sa queue brûlée, et il s'en éloigna pour toujours. Désormais rassuré et tranquillisé, le sage cochonnet appela ses frères:
"Assez travaillé, maintenant! Allons jouer!"

LE CRABE ET LE HERON

Il était une fois... un vieux héron qui vivait près d'un étang plein de poissons. Lent de mouvements, il avait de la peine à se procurer de la nourriture.

Il pensa alors recourir à la ruse: il se mit à la recherche d'un crabe qui avait la réputation d'être un grand bavard, et il lui dit d'une voix tremblante d'effroi:

"J'ai entendu dire, par certains de mes amis oiseaux, que les pêcheurs du lac vont venir à l'étang avec leurs filets et prendre tous les poissons. Moi, je resterai sans nourriture, mais eux finiront tous dans la casserole!"

Le crabe gagna l'étang le plus rapidement possible et s'enfonça dans l'eau pour annoncer la triste nouvelle aux poissons. Ceux-ci, terrorisés, demandèrent conseil au crabe, qui retourna vers le vieux héron: "Ils sont tous effrayés et ne savent que faire. Je sais que tu en manges toi-même; tu n'as donc aucun intérêt à les voir tous disparaître. Que conseilles-tu de faire?"

Le héron fit semblant de réfléchir:

"Il y aurait une solution: je pourrais transporter tous les poissons, un à un, dans un étang voisin au cœur de la forêt; ils pourront y vivre en toute sécurité. Mais auront-ils confiance en moi?"

Est-ce que ce fut la peur des pêcheurs ou l'éloquence du crabe qui décida les poissons? Toujours est-il qu'ils acceptèrent l'insolite proposition du héron. Celui-ci commença ainsi sa navette entre l'étang et la forêt. Cependant, le crabe s'aperçut qu'après quelques voyages, le héron trouvait mille explications à la lenteur toujours plus grande de ses déplacements. Il n'échappa guère davantage au regard attentif du crabe que le ventre du héron grossissait. Après quelques jours toutefois, il n'y eut plus de poissons dans le premier étang; le héron s'adressa alors au crabe: "Et toi, ne veux-tu pas être sauvé?" "Oui, volontiers, répondit le crabe, mais baisse-toi et je monterai sur ton dos, car je préfère ne pas fatiguer trop ton bec!"

A quelque distance de l'étang, le crabe vit que le sol était recouvert d'arêtes de poissons. Alors, serrant fortement de ses robustes pinces le cou du héron, il lui dit: "Ne pense surtout pas me réserver le même sort qu'aux poissons! Tu vas me déposer délicatement dans l'eau, et je t'avertis que je ne te lâcherai qu'une fois parfaitement en sécurité!" Depuis cette aventure, les hérons et les crabes se détestent et évitent de se rencontrer.

LE LOUP ET LES SEPT CABRIS

Il était une fois... une chèvre qui habitait une jolie maisonnette avec ses sept petits. Elle devait souvent s'absenter pour faire des achats. Un jour, avant de partir pour le marché, elle fit ses recommandations habituelles.

"Vous ne devez absolument ouvrir à personne! Souvenez-vous qu'un méchant loup rôde dans les environs. Il est noir, il a de vilaines pattes et une grosse voix. S'il vient frapper à la porte, gardez-la bien fermée!" Maman chèvre avait raison d'être prudente car, au moment où elle confiait ses craintes à une de ses voisines, le loup, déguisé en paysanne et caché tout près d'elles, écoutait attentivement. "Bien, bien!, se dit-il; si la chèvre va au marché, j'irai faire une petite visite chez elle, et je mangerai les cabris!" Il se rendit sans se faire remarquer à la maisonnette de la chèvre, et là, après avoir abandonné son déguisement, hurla de sa grosse voix:

"Ouvrez, ouvrez! C'est maman! Je rentre du marché! Ouvrez!"
Les cabris, en entendant la grosse voix, se souvinrent des
recommandations de leur maman et, derrière la porte fermée
et assurée avec une planche, ils crièrent au loup:
"Nous t'avons reconnu, tu es le méchant loup! Notre maman
a une petite voix douce et gentille, et non grosse et vilaine
comme la tienne. Va-t-en! Nous ne t'ouvrirons jamais!"
Bien que le loup se soit mis à heurter la porte avec colère,
les cabris ne se laissèrent pas
impressionner: la porte resta
fermée.
Le loup eut alors une idée;
il courut chez le pâtissier
et se fit préparer un grand
gâteau avec beaucoup de
miel. Avec cela, pensait-il, sa
voix s'adoucirait. Il ne fit
qu'une seule bouchée du
gâteau, puis essaya d'imiter
la voix de la chèvre. Quand
il pensa y être parvenu, il
revint au pas de course vers
la maisonnette.

"Ouvrez, ouvrez! C'est maman! Je rentre du marché. Ouvrez!"
Les cabris, cette fois, n'en doutèrent pas: la voix ressemblait bel et
bien à celle de leur maman. Ils allaient ouvrir la porte quand le
cabri noir, peu convaincu, demanda:
"Montre-nous ta patte, maman!"
Le loup, sans trop réfléchir, leva sa patte vers la fenêtre. Quand
les cabris virent la vilaine patte noire et poilue, ils comprirent que
de l'autre côté de la porte, c'était de nouveau le loup.
"Tu n'es pas notre maman, avec tes vilaines pattes noires!
Va-t-en, méchant loup!" hurlèrent-ils.
Cette fois encore, malgré
l'insistance du loup, la porte resta
close.
Le loup courut alors au moulin où il
trempa ses pattes dans un sac de
farine pour les rendre toutes
blanches.
"Cette fois, je réussirai, je les aurai!
Mmm, j'en ai déjà l'eau à la bouche!
Quelle faim! Ça fait une semaine
que je n'ai pas mangé, j'ai le ventre
vide et les pantalons qui m'en
tombent!" pensait-il.
"Tous ces beaux cabris tendres, je
n'en ferai qu'une seule bouchée!" Et
il frappa de nouveau à la porte.

"Ouvrez, ouvrez! C'est maman! Je rentre du marché. Ouvrez!"
La voix ressemblait à celle de maman, mais les cabris, devenus
méfiants, demandèrent tout de suite:
"Montre-nous ta patte, maman!"
Le loup leva sans hésiter sa patte toute blanche et les cabris,
désormais convaincus, ouvrirent la porte.
Quelle horreur! La grande bouche aux terribles dents aiguës
se mit à rugir; le loup lança en avant ses pattes aux longues
griffes cruelles.

Les cabris, terrifiés, s'échappèrent en tous sens: un se réfugia
sous la table, un autre sous le lit, un autre dans le buffet, un autre
chercha refuge dans le four encore tiède, un autre se jeta dans
un baril et un autre dans un panier. Le cabri noir pensa que
la cachette la plus sûre était la pendule; et il y resta, retenant
son souffle, pendant que le loup cherchait ses frères.
Un à un, tous furent découverts et le méchant loup ne se calma
qu'une fois sa faim apaisée et le dernier cabri trouvé et avalé en
une seule bouchée.

Le seul qui échappa fut le cabri noir, peut-être parce que le loup avait cru la pendule trop étroite pour servir de cachette à un cabri.

Maman chèvre, ayant terminé son marché, revenait chez elle et

lorsqu'elle s'aperçut de loin que la porte était entrouverte elle courut à en perdre le souffle, prise d'un terrible pressentiment.

Ce qu'elle craignait tant s'était produit: le loup avait dévoré tous ses petits.

Désespérée, en pleurs, elle se laissa tomber sur une chaise; pendant qu'elle sanglotait, la porte de la pendule s'ouvrit et le cabri noir courut vers elle.

"Maman, maman!, pleurait-il, quelle horreur! Le loup est venu et a mangé tous mes frères!"

"Mon pauvre enfant! Tu es le seul qui me reste!"

Plus tard, tous deux sortirent de la maison pour se rendre au jardin; tout près de là, ils entendirent un bruit régulier: quelqu'un ronflait bruyamment. C'était le loup qui dormait d'un profond sommeil provoqué par son repas trop abondant.

La chèvre eut une idée et dit à son fils:

"Cours me chercher du fil, une aiguille et des ciseaux! Vite!"

En un éclair elle ouvrit le ventre du loup.

Comme elle l'espérait, le loup avait avalé entiers ses cabris, et ceux-ci étaient encore vivants! Un à un, ils sortirent du ventre du loup.

"Vite! Vite! Ne faites pas de bruit! Eloignez-vous avant qu'il ne se réveille! Non, attendez! Allez plutôt chercher de gros cailloux et apportez-les moi!" Le ventre du loup fut rempli de cailloux puis recousu. Lorsque, plus tard, le loup se réveilla, il avait une grande soif. "Comme je me sens lourd! J'ai trop mangé! Tout ces cabris!" S'étant approché de la rivière pour se désaltérer, son ventre alourdi par les cailloux lui fit perdre l'équilibre, tomber dans l'eau et l'empêcha de remonter. La chèvre et les cabris hurlèrent de joie lorsqu'ils se rendirent compte que le loup ne reviendrait plus à la surface. Le loup mort, les cabris, heureux, rentrèrent chez eux avec leur maman.

LE RAT DE VILLE
ET LE RAT DES CHAMPS

Il était une fois... un rat qui se promenait hors de la ville et qui fit la connaissance d'un rat des champs. Ils se lièrent d'amitié et décidèrent de passer la journée ensemble. Le rat des champs conduisit son ami dans la campagne et lui fit goûter tous les produits que la terre offrait. Le rat de ville, qui n'était pas habitué aux charmes de la campagne, était plein d'enthousiasme, même si certains mets n'avaient pas la finesse de ceux auxquels il était accoutumé. Pour remercier le rat des champs de cette magnifique journée, il l'invita à son tour. Lorsque les deux amis se retrouvèrent chez le rat de ville, celui des champs resta ébahi devant le garde-manger: jambons, fromages, huile, farine, miel, confiture et beaucoup d'autres choses! Il s'exclama: "Je n'ai jamais rien vu de pareil! Vraiment, tu peux manger toutes ces merveilles?"

"Bien sûr répondit l'autre; et comme tu es mon
hôte, tu peux en profiter!"
Il commencèrent leur festin. Le rat des champs ne
mangeait que de petites quantités afin de pouvoir tout
goûter et ne pas avoir trop vite le ventre plein.
"Tu es le rat le plus heureux que je connaisse!" disait il à son ami.
Le rat de ville entendait ces compliments avec plaisir. Soudain, un pas
lourd, se fit entendre.

"Viens vite! Fuyons!" chuchota le rat de ville à son ami.

Ils en eurent juste le temps: la maîtresse de maison s'arrêta tout près d'eux!

Quelle peur! Heureusement, la femme ne les vit pas et s'éloigna peu après. Les deux rats revinrent alors poursuivre leur repas.

"Viens, viens! disait le rat de ville; ne t'inquiète pas, elle est partie! Maintenant nous pouvons nous attaquer au miel; tu verras comme il est bon! N'en as-tu jamais mangé?"

"Oui, une fois, il y a très longtemps", prétendit avec désinvolture le rat des champs; mais, quand il goûta le miel, il ne put s'empêcher de s'exclamer:

"Quel délice! Je jure sur le Roi des Rats que de ma vie je n'ai jamais rien mangé de si bon!"

Mais un nouveau bruit de pas, plus lourd que le précédent, les fit fuir. C'était le maître de maison qui venait chercher des bouteilles. Apercevant le pot de miel renversé, il grommela:

"Maudits rats! Je croyais les avoir tous exterminés!

Je vais envoyer le chat!"

Tremblants de peur, les rats restèrent longtemps cachés. Cette fois, plus que la visite inattendue de l'homme, c'était la menace qu'il avait proférée qui les effrayait; ils retenaient leur souffle pour ne pas faire le moindre bruit. Plus tard, comme il ne se passait rien, ils se rassurèrent et trouvèrent le courage de sortir de leur cachette:

"Viens, il n'y a personne!" murmura le rat de ville à son ami.

Mais tout-à-coup la porte grinça, pétrifiant d'épouvante les deux pauvres rats; et deux yeux jaunes et terrifiants brillèrent dans la pénombre: un gros chat menaçant scrutait la pièce, cherchait sa proie. Le rat de ville et son ami, tout doucement, en faisant le moins de bruit possible, se cachèrent de nouveau. Ils auraient même voulu que leur cœur s'arrête de battre.

Heureusement pour eux, le chat passa devant un gros saucisson... en oublia son devoir et les raisons de sa présence dans le garde-manger; il rongea la délicatesse, puis, rassasié, il décida de renvoyer à un autre jour la chasse aux rats. Il s'éloigna pour faire un petit somme. Quand le rat des champs s'aperçut que le chemin était libre, il n'attendit pas une minute, serra rapidement la main de son ami et lui dit:

"Merci! Merci pour tout! Mais maintenant je file! Je ne peux supporter davantage de telles frayeurs! Je préfère manger des glands, tranquillement à la campagne, plutôt que des quantités de mets exquis, mais dans le danger et le cœur battant!"

LE VILAIN PETIT CANARD

Il était une fois... dans une vieille ferme, une famille de canards:
maman cane venait de terminer sa dernière couvée. Un beau matin,
six canetons pleins de vie sortirent en piaillant de leur coquille.
Un septième œuf pourtant, un peu plus gros que les autres, ne
s'ouvrait pas. Maman cane ne se souvenait pas d'avoir pondu
cet œuf-là. Comment était-il arrivé? Toc! Toc! Toc! Le caneton
prisonnier frappait sans cesse contre la coquille. "Me serais-je
trompée en comptant mes œufs?" s'interrogea maman cane.

Mais elle n'eut pas le temps d'éclaircir ses doutes: l'œuf s'ouvrit et un étrange caneton au plumage gris apparut, qui regarda sa mère perplexe. Les canetons grandissaient rapidement. Mais maman cane restait soucieuse:

"Je n'arrive vraiment pas à comprendre comment ce vilain petit canard peut être mon fils", se disait-elle, le regard posé sur son dernier-né. En effet, le caneton gris n'était pas d'une grande beauté! De plus, il ne faisait que manger et il était déjà plus gros que ses frères.

Les jours furent de plus en plus tristes pour le pauvre caneton. Ses frères refusaient de jouer avec lui parce qu'il était gros et maladroit, et tous les autres habitants de la basse-cour se moquaient de lui.

Il se sentait seul et désespéré, même si quelquefois maman cane le consolait:

"Mon pauvre enfant! Mais pourquoi donc n'es-tu pas semblable aux autres?"
Le pauvre petit canard était toujours plus malheureux. La nuit, il pleurait sans cesse, en cachette. Il se sentait délaissé par tout le monde.

"Ici, personne ne m'aime! Tous se moquent de moi! Oh, pauvre de moi! Pourquoi ne suis-je pas comme mes frères?"
Un matin, à l'aube, il s'échappa de la ferme.

Au bord d'un petit lac, où il s'était arrêté, il se mit à questionner
tous les animaux qu'il rencontrait:
"Avez-vous vu d'autres canetons avec des plumes grises comme
les miennes?" Tous secouaient la tête avec mépris:
"Des vilains comme toi, on n'en connaît pas!"

La caneton soupira tristement mais poursuivit son enquête. Il arriva
près d'un étang où deux grosses oies qui mangeaient du grain lui
répondirent de la même façon. Elles le mirent même en garde:
"Va-t-en d'ici! C'est dangereux! Il y a des chasseurs qui rôdent!"
Le caneton commença alors à regretter d'avoir quitté sa ferme.

Poursuivant malgré tout son voyage errant, il parvint devant la maison d'une vieille paysanne. Celle-ci, croyant que c'était une oie égarée, l'attrapa: "Je vais la mettre en cage. Pourvu que ce soit une femelle et qu'elle ponde beaucoup d'œufs!" dit la vieille qui avait la vue basse. La caneton, évidemment, ne pondit pas d'œuf.

Une poule ne cessait de l'effrayer:
"Tu verras! Si tu ne ponds pas, la vieille te tordra le cou et te passera à la casserole!"
Le chat ajoutait: "Hihihi! J'espère qu'elle te fera bientôt rôtir! Je pourrai ronger tes os!" Le pauvre caneton en perdit l'appétit. Pourtant, la paysanne continua à le nourrir de force en grommelant:
"Si elle ne pond pas d'œufs, au moins qu'elle engraisse rapidement!"
"Je mourrai de peur bien avant!" se disait le petit canard. "Dire qu'ici j'espérais tant être aimé!"
Mais vint une nuit où, la porte de la cage étant restée entrouverte, il en profita pour s'échapper.

Il était libre, mais de nouveau seul. Il s'éloigna rapidement de l maison. A l'aube il se retrouva au milieu d'un marais

plein de roseaux: "Si personne ne veut de moi, je resterai ici, pour toujours!" La nourriture ne manqua pas. Le caneton se sentait déjà plus tranquille, mais il souffrait de solitude. Un matin, à l'aube, il vit passer un vol de majestueux oiseaux blancs, au cou long et souple, et aux ailes immenses, qu émigraient vers le sud.
"Oh, si je pouvais être beau comme eux!" s'exclama-t-il en les admirant.
Puis l'hiver s'installa et l'eau du lac gela. Le pauvre petit canard dut

abandonner son refuge pour chercher un peu de nourriture sous la neige. Mais, épuisé, il finit par tomber.
Un paysan qui passait par là eut pitié de lui et le mit dans une des grandes poches de sa veste:
"Je l'amènerai à mes enfants pour qu'ils le soignent. Le pauvre, il est tout gelé!" dit le brave homme en le caressant.
A la maison du paysan, tous firent bon accueil au nouveau venu.
Cette fois-ci, le caneton se sentit sauvé.

Quand revint le printemps, il était
devenu si grand que le paysan
décida:
"Je l'amènerai à l'étang et je lui
rendrai sa liberté."
Et lorsqu'il fut au bord de l'eau, le
caneton aperçut son reflet:
"Ce n'est pas possible! Comme j'ai
changé! Je ne me reconnais plus!"

Les cygnes, qui revenaient des pays
du sud, planèrent au-dessus de
l'étang. Quand le caneton les vit, il
constata qu'il leur ressemblait, et
il réussit à se lier d'amitié avec eux.
"Nous sommes des cygnes, comme
toi. Où t'es-tu caché jusqu'à
maintenant?" lui demandèrent-ils. "C'est une longue histoire!"
répondit le jeune cygne encore tout surpris de ce qui lui arrivait.
Un jour, alors qu'il nageait avec ses semblables, il entendit des
enfants s'exclamer: "Regardez ce jeune cygne! C'est le plus beau
de tous!" Alors il se sentit enfin vraiment heureux! Heu-reux!

L'HISTOIRE DE POUCETTE

Il était une fois... une femme sans enfant qui espérait passionnément avoir une petite fille. Mais le temps passait et son désir ne se réalisait pas. Elle décida alors de recourir à une magicienne et reçut d'elle un grain d'orge magique qui fut semé dans un pot. Le jour suivant, une fleur merveilleuse semblable à une tulipe avait poussé.

Les pétales n'étaient pas complètement déployés; la femme les effleura d'un léger baiser. Comme par enchantement, la corolle s'ouvrit et une minuscule fillette, pas plus grande que le pouce, apparut. C'est pourquoi elle fut nommée Poucette. Elle reçu pour berceau une coquille de noix, pour matelas des pétales de violette et pour couverture un pétale de rose. La journée, pour l'amuser, on posait dans une assiette pleine d'eau une petite barque faite d'un pétale de tulipe, et Poucette naviguait sur le lac minuscule en ramant à l'aide de deux crins de cheval. Et elle chantait d'une voix douce et mélodieuse. Une nuit, alors qu'elle dormait dans sa coquille, un crapaud femelle entra par une fenêtre à carreau brisé, observa longtemps Poucette et se dit: "Qu'elle est mignonne! Ce serait l'épouse idéale pour mon fils!"

Elle prit la coquille où reposait Poucette et, furtivement, retourna dans le jardin. De là, elle rejoignit l'étang où elle habitait. Son fils, gros et laid, habitué à obéir à sa maman, approuva le choix.

La mère transporta alors Poucette sur une feuille de nénuphar au milieu de l'étang.

"D'ici elle ne pourra pas s'échapper!, dit-elle à son fils; nous aurons ainsi le temps de préparer une nouvelle maison pour toi et ton épouse."

Poucette, laissée seule, était désespérée. Elle comprenait qu'il ne lui serait pas facile d'échapper au sort que lui réservaient les deux horribles crapauds. Pourtant, de petits poissons qui se protégeaient du soleil sous la grande feuille de nénuphar, avaient entendu les propos des crapauds et les lamentations de Poucette, et ils décidèrent d'agir. Ils se mirent à ronger la tige de la feuille; celle-ci se détacha et commença à dériver, poussée par une faible brise. Un papillon qui voletait par là proposa à Poucette:

"Passe-moi le bout de ta ceinture; je te ferai avancer plus rapidement!"

Poucette accepta reconnaissante la feuille et sa passagère s'éloignèrent rapidement du domicile des crapauds. Mais tous les dangers n'étaient pourtant pas écartés: un hanneton la vit, la saisit de ses fortes pattes et la transporta chez lui, au sommet d'un arbre. "Regardez comme elle est belle!" dit-il à ses compagnons. Mais ceux-ci purent le convaincre qu'elle était trop différente d'eux. Alors le hanneton la ramena au

pied de l'arbre et lui rendit sa liberté. C'était l'été. Poucette, restée seule, se mit à vagabonder parmi les hautes herbes et les fleurs, à se nourrir de pollen, à s'abreuver de rosée. Bientôt vinrent des pluies qui annonçaient la mauvaise saison. Puis la petite Poucette eut toujours plus de peine à trouver sa nourriture. Quand vint l'hiver, avec ses grands froids, ce fut encore pire pour elle. Un jour qu'elle errait désespérée parmi les champs nus, une araignée rencontrée par hasard promit de l'aider; elle la conduisit dans le trou d'un olivier et se mit à tisser devant l'entrée une toile très serrée pour la protéger du froid. Elle lui donna à manger des marrons secs et appela ses amis pour qu'ils puissent l'admirer. En fait, c'était l'aventure avec les hannetons qui se répétait: Poucette dut abandonner le refuge douillet et se retrouva de nouveau seule et en larmes, désormais convaincue que personne ne voulait d'elle.

Errant dans la campagne, transie de froid, elle vit soudain une solide maisonnette faite de brindilles et de feuilles sèches. Elle frappa et un gros rat l'accueillit sur le pas de la porte: "Qu'est-ce que tu fais dehors par un froid pareil? Entre te réchauffer!" La maisonnette du rat, accueillante et bien chauffée, était pleine de provisions. En échange de son hospitalité, il demanda à Poucette de faire le ménage et de lui raconter des histoires. Un jour, le rat annonça la visite d'un ami: "C'est Monsieur Taupe; il est très riche et possède une merveilleuse maison. Il a une jolie fourrure noire. Dommage qu'il soit très myope. Je suis sûr qu'il t'épouserait volontiers!" Poucette n'apprécia guère cette possibilité. Malgré cela, quand le gros Monsieur Taupe vint, elle raconta de belles histoires et chanta de sa voix mélodieuse. Le riche Monsieur Taupe, même s'il ne la voyait pas très bien, en tomba immédiatement amoureux.

Poucette et le rat des champs furent invités à visiter la taupinière, mais... horreur!, le long d'une galerie ils trouvèrent une hirondelle qui paraissait morte. Monsieur Taupe l'écarta du pied: "C'est bien fait pour elle! Au lieu de continuer à voler pendant la mauvaise saison, elle aurait dû faire comme moi: vivre sous terre!" Poucette, horrifiée par ces cruels propos, revint plus tard vers l'hirondelle, la tira dans une galerie voisine et s'aperçut

alors qu'elle vivait encore! Chaque jour, elle revint la soigner et la nourrir à l'insu du maître des lieux, qui entre-temps insistait pour l'épouser. L'hirondelle put enfin raconter son histoire: blessée par une épine, elle n'avait pas pu, à l'automne, suivre ses compagnes vers les pays chauds. "Comme tu es bonne de t'occuper de moi!" disait-elle à Poucette.

Le printemps revenu, l'hirondelle put repartir. Elle avait invité Poucette à la suivre, mais en vain.

Pendant l'été, Poucette retarda constamment les noces que Monsieur Taupe tenait à célébrer au plus vite. La fillette pensait avec horreur à la vie qui l'attendrait alors, toujours sous la terre et sans jamais voir le soleil. Mais elle finit par accepter. Le jour précédant les noces, elle demanda à rester une dernière fois en plein air toute la journée. Elle caressait une fleur quand elle entendit un gazouillement familier: "Bientôt l'hiver reviendra et je volerai vers les pays chauds. Viens avec moi!" Poucette, cette fois, n'hésita pas.

Elle sauta au coup de son amie hirondelle qui s'envola immédiatement; elles survolèrent forêts et lacs, plaines et montagnes et arrivèrent finalement dans un pays merveilleux, tout en fleurs. La petite, déposée sur les pétales d'une fleur, eut la surprise d'y trouver un petit génie aux ailes blanches: c'était le roi des génies qui habitent les fleurs. Il fut tout de suite conquis par la beauté de Poucette et la demanda en mariage. Poucette accepta avec joie, et aussitôt lui poussèrent deux petites ailes blanches. Elle était devenue la reine des fleurs.

LES AVENTURES
DE TOM POUCE

Il était une fois... un géant, qui, au moment de partager un trésor avec un sorcier très avide, s'était disputé avec lui. Et le géant avait conclu par cette menace:

"Je pourrais t'écraser avec mon pouce, si je le voulais! Allez! File!"
Le sorcier s'éloigna, mais quand il fut à bonne distance du doigt menaçant du géant, il lança une terrible malédiction:

"Abracadabra! Que le sortilège se fasse! Le fils que ta femme attend ne deviendra jamais plus grand que mon pouce!" Et c'est ce qui se passa. Quand Tom Pouce naquit, les soucis commencèrent très vite pour ses parents. Ils avaient de la peine à le voir et par conséquent à le trouver; ils devaient se contenter de chuchoter par crainte de l'assourdir. Tom Pouce préférait la compagnie des petits habitants du jardin à celle de ses parents. Il s'amusait à chevaucher les escargots et à danser avec les coccinelles... Bref, bien que très petit, il était heureux. Un jour de mauvais temps, il eut la malheureuse idée d'aller trouver une petite grenouille de ses amies; il se déplaçait sur une feuille qui lui servait de bateau, quand un gros brochet à l'affût l'engloutit d'une seule bouchée.

Mais le destin réservait au brochet un terrible sort: il mordit peu après à l'hameçon d'un pêcheur au service du Roi, et, en moins de temps qu'il ne faut pour le dire, il se retrouva sous le couteau du cuisinier. A la surprise générale, du ventre du poisson, Tom Pouce sortit, en piteux état mais bien vivant.

"Et maintenant, que vais-je faire de cet homme miniature?" se demanda le cuisinier stupéfait. Il lui vint une idée:

"J'en ferai un page royal; petit comme il est, je pourrai le mettre dans un gâteau en forme de château, et quand il sortira par le pont-levis en jouant de la trompette, tous crieront au miracle!"

Jamais chose pareille n'était arrivée à la cour du Roi!

Tous applaudirent à l'exploit du cuisinier: le Roi le récompensa même par une bourse de pièces d'or.

Le sort de Tom Pouce fut encore meilleur: il était devenu page par la volonté du cuisinier, page il resta avec tous les honneurs et bienfaits que cela supposait.

On lui donna une souris blanche comme monture, une grosse aiguille d'or comme épée, et on lui permit de goûter à tous les plats du Roi. En échange, pendant les banquets, il se promenait sur la table parmi les assiettes et les verres, en distrayant tout le monde avec sa trompette.

133

Mais, sans le savoir, Tom Pouce s'était fait un ennemi; le chat, qui jusqu'alors avait été le favori du Roi, s'était vu écarter. Celui-ci jura de se venger du nouveau venu et lui tendit un piège dans le jardin. Quand Tom Pouce vit le chat, au lieu de s'enfuir comme son agresseur l'espérait, il sortit son aiguille d'or et cria à la souris qu'il chevauchait: "A l'attaque! A l'attaque!" Le chat, piqué à plusieurs reprises par la minuscule épée, s'enfuit honteusement. Il n'avait pas réussi à se venger par la force, il essayerait par la ruse. Un jour, il attendit le Roi au bas du grand

escalier, et, laissant croire à une rencontre due au hasard, il chuchota: "Majesté, prenez garde! Quelqu'un veut porter atteinte à votre vie!" Et il lui raconta un épouvantable mensonge: "Tom Pouce veut empoisonner votre nourriture avec de la ciguë. J'ai découvert l'autre jour qu'il en cueillait dans le jardin et je l'ai entendu murmurer ses horribles menaces." Le Roi, à qui il était déjà arrivé de souffrir d'une indigestion de cerises alors qu'il croyait avoir été empoisonné, appela Tom Pouce. Le chat fournit la preuve de ses accusations en extrayant du harnais de la souris blanche de Tom Pouce une feuille de ciguë qu'il avait cachée auparavant.

Sur le moment, Tom Pouce n'eut pas la présence d'esprit de répliquer aux accusations du chat, et le Roi ordonna de l'emprisonner illico. Etant donné sa taille on l'enferma dans une pendule. Les heures et les jours s'écoulèrent pour Tom Pouce, dont le seul passe-temps était de se suspendre au balancier. Une nuit, un gros papillon nocturne qui voletait dans la chambre eut son attention attirée par Tom Pouce qui frappait à la vitre de la pendule "Libère-moi! Libère-moi!" criait le prisonnier. Le papillon, qui venait

juste de reprendre sa liberté après une journée passée dans une boîte où il s'était endormi, fut pris de pitié et le libéra: "Grimpe sur mon dos! Vite, avant qu'ils ne nous voient!" Serrant le cou du papillon pendant le long vol qu'il firent pendant la nuit, Tom Pouce lui raconta ses péripéties. "Je t'amènerai dans le Royaume des papillons, où tout le monde est comme toi; et chacun deviendra ton ami", lui dit le papillon. Et il en fut ainsi. Aujourd'hui encore, si vous visitez le Royaume des papillons, vous pouvez demander qu'on vous montre le monument aux Papillons construit par Tom Pouce après cette aventure.

BOUCLES D'OR
ET LES TROIS OURSONS

Il était une fois... dans une grande forêt près d'un village, une famille Oursons qui habitait une maisonnette. A vrai dire, ce n'étaient pas des oursons, car papa Ours était gros et grand, et maman Ourse était de taille moyenne; seul leur fils était un véritable ourson. Naturellement, leurs lits n'étaient pas semblables: celui de papa Ours était long et large, fait pour un sommeil confortable; celui de maman Ourse, plus modeste, avait un joli baldaquin rose. Quant à Ourson, il dormait dans beau petit lit en bois de cerisier que son papa avait fait construire par deux de ses amis castors. Tout près de la cheminée, où la petite famille se réunissait le soir, il y avait une grande chaise sculptée pour le chef de famille, un beau petit fauteuil recouvert de velours bleu pour la maman et une petite chaise pour leur fils.

A la cuisine, bien rangés sur la table, il y avait trois bols en terre cuite de grandeurs différentes: un pour papa Ours, un pour maman Ourse et un pour Ourson.

Papa Ours était très respecté dans les environs et, à son passage, chacun soulevait son chapeau pour le saluer. Il en était fier et répondait avec courtoisie. Maman Ourse avait beaucoup d'amies auxquelles elle rendait visite l'après-midi afin d'échanger conseils et recettes à propos de confitures et de conserves.

Ourson, lui, n'avait pas beaucoup d'amis, un peu parce qu'il était autoritaire et voulait toujours avoir raison durant les jeux et les conversations, un peu parce qu'il avait une réputation de bagarreur et de maladroit.

Près de chez eux habitait une fillette blonde qui non seulement avait le même caractère qu'Ourson, mais était de plus fière et arrogante. Plusieurs fois, Ourson l'avait invitée à jouer chez lui, mais elle n'avait jamais accepté.

Un jour, maman Ourse avait préparé un bon pouding selon une nouvelle recette, à base de myrtilles et de baies écrasées, dont ses amies avaient dit le plus grand bien.

"Il faut le laisser refroidir pour qu'il soit bon. Nous devons attendre au moins une heure. Profitons-en pour aller voir le nouveau-né des Castors. Sa maman sera heureuse de notre visite!" dit maman Ourse.

Papa Ours et Ourson auraient préféré manger tout de suite le pouding, bien qu'il fût encore tiède, mais ils avaient très envie aussi de voir le petit castor.

"Mettons nos plus beaux vêtements, même si la visite doit être brève. D'ailleurs, avec tout le travail qu'ils ont ces jours-ci à la maison, il vaudra mieux ne pas trop s'attarder!"

Et ils partirent par le sentier vers la rivière. Peu après, Boucles d'or, la fière fillette, qui cueillait des fleurs, arriva près de la maison des Oursons. "Beuh, qu'elle est vilaine leur maison!, se dit-elle; je veux voir l'intérieur; je suis sûre que ce n'est pas aussi beau que chez moi, mais j'ai envie de découvrir où vit Ourson."

Toc! Toc! Toc! La fillette frappa à la porte. Pas de réponse. Toc! Toc! Toc!... Toujours le silence.

"C'est pas possible! Personne n'entend que je frappe?" grommela la petite impatiente.

"Il y a quelqu'un?" demanda Boucles d'or en franchissant le seuil.

Elle finit par entrer dans la maison déserte et se mit à explorer la cuisine.

"Mais c'est du pouding!" s'exclama-t-elle après avoir léché le doigt qu'elle avait trempé dans un des bols.

"Ce n'est pas mauvais!" Et elle s'attaqua au bol d'Ourson.

Peu après, sur la table éclaboussée, les trois bols furent vides! Boucles d'or, rassasiée, continua son exploration:

"Voyons un peu! Ce doit être la chaise de papa Ours... là, le fauteuil de maman Ourse et ça... c'est la petite chaise d'Ourson. Essayons-la!"

La fillette se laissa tomber lourdement sur la chaise qui, peu habituée à pareil traitement, se brisa d'un seul coup.

Boucles d'or tomba à la renverse, se releva et sans se soucier des dégâts, monta à l'étage.

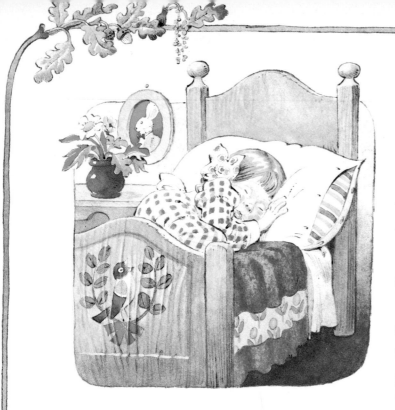

Dans la chambre à coucher, elle reconnut tout de suite, aux dimensions, le lit d'Ourson.
"Mmm, c'est assez confortable, dit-elle en s'asseyant sur le lit; pas aussi tendre que le mien, mais presque." Et elle se mit à bailler.
"J'ai presque envie de m'y étendre, seulement un moment... juste pour l'essayer..." Peu après, Boucles d'or dormait profondément. Entre-temps, la famille Oursons avait repris le chemin de la maison.
"Comme il est petit, le bébé castor!, disait Ourson à sa maman; est-ce que j'étais aussi petit quand je suis né?" "A peine un peu plus grand, à peine!" lui répondit maman Ourse en le caressant. Ce fut papa Ours qui, de loin, s'aperçut que la porte de leur maison était entrouverte:
"Dépêchons-nous!, quelqu'un doit être entré chez nous!"
Etait-ce la faim ou l'intuition qui le guidait, toujours est-il que papa Ours se dirigea tout de suite vers la cuisine:
"Je le savais! Quelqu'un a mangé notre pouding!"
"Quelqu'un a sauté sur mon fauteuil!" marmonna maman Ourse.
"Et quelqu'un a cassé ma chaise!" s'écria Ourson en pleurant.

"Où est le responsable de tous ces méfaits?"
Ils montèrent à l'étage et s'approchèrent du lit d'Ourson où Boucles d'or dormait tranquillement. Ourson lui toucha le pied.
"Qui êtes-vous? Où suis-je?" hurla la fillette brusquement réveillée.
Effrayée à la vue du visage menaçant des occupants de la maison, elle tira tout d'abord la couverture sur elle, comme pour se protéger, puis, d'un bond, elle sauta du lit et descendit précipitamment l'escalier. "Filons, filons de cette maison où on ne peut pas dormir en paix!" se disait-elle en courant, sans penser aux dégâts qu'elle y avait faits. Ourson, du seuil de la maison lui criait pourtant:
"Mais non! Ne t'enfuis pas! Je te pardonne, reviens! Nous jouerons ensemble!"
Et bien, cela se termina vraiment ainsi! Boucles d'or, la fillette fière et impolie, se fit plus sage depuis ce jour-là; et elle se lia d'amitié avec Ourson. Souvent, elle alla le trouver et l'invita plusieurs fois chez elle. Ils devinrent de bons amis et le restèrent toujours.

LE LIÈVRE ET LE PORC-ÉPIC

Il était une fois... un vieux porc-épic qui vivait avec ses deux fils jumeaux dans un grand bois. Leur nourriture préférée étaient les pommes, mais de temps en temps les deux enfants se rendaient dans un champ voisin pour chercher des navets dont leur père était friand. Un jour, un des jumeaux se mit en route, précisément afin de récolter des navets; à l'allure lente et tranquille des porcs-épics il s'approchait d'un gros chou, quand surgit un lièvre:
"Bienvenue!" lui dit celui-ci; voilà une bonne demi-heure que je t'observe: es-tu toujours aussi lent à te déplacer? Espérons que tu seras plus rapide pour manger, sinon il te faudra une année pour dévorer ces navets-là!"
Le porc-épic, se sentant ridiculisé, était sur le point de se vexer, quand il se dit qu'il valait mieux répondre à la plaisanterie par une ruse.

Lent de mouvement mais vif d'esprit, il réfléchit à ce qu'il devait faire; le lièvre riait de lui parce qu'il était lent et lui rapide? Et bien, justement, la vitesse du lièvre serait sa perte.

"Si je le veux, je suis plus rapide que toi!"

"Ah! Ah! Ah!" Le lièvre éclata de rire et présenta une de ses pattes. "Tu veux rivaliser avec ces pattes-ci? Tu parles! Tu dois savoir que mon grand-père était le lièvre le plus rapide de son temps. Il a même gagné une monnaie d'or. C'est lui qui m'a entraîné. Je parie la pièce d'or que j'ai héritée de lui, que je te battrai facilement."

Le porc-épic ne sembla pas prêter attention aux affirmations du lièvre et accepta le défi: "Trouvons-nous demain matin devant ce champ labouré, là-bas! Nous partirons ensemble, en suivant chacun un sillon parallèle. On verra qui arrivera le premier!"

Le lièvre s'en alla en ricanant:

"Tu ferais mieux de rester ici toute la nuit, sinon tu n'auras pas le temps de rentrer chez toi et de revenir pour l'heure du départ!"

Le porc-épic avait son plan. Rentré chez lui, il l'expliqua à son frère, et avant l'aube du matin suivant il se mit en route avec lui, en lui donnant les instructions nécessaires. Peu après le lièvre arriva et dit avec insolence: "J'enlève mes pantalons, ainsi je courrai encore plus vite!"

Ils partirent, et le lièvre en un éclair fut de l'autre côté du champ; mais là, il trouva le frère jumeau du porc-épic qui le nargua:
"Tu es un peu en retard, je suis arrivé depuis un bon moment!"
Le lièvre qui n'avait plus de souffle répondit:
"Essayons encore!"
"D'accord! Repartons!" dit le porc-épic.
Jamais dans sa vie, même lorsqu'il lui était arrivé d'échapper à des chiens de chasse, le lièvre n'avait couru si vite. Mais, arrivé au bout du champ, il trouva le porc-épic qui s'exclama en riant: "Tu es toujours en retard! Je suis encore arrivé le premier!"
Il fit plus d'un aller et retour pour essayer de battre le porc-épic, mais sa fatigue augmentait, sa rapidité diminuait. Chaque fois, inexorablement, un des jumeaux l'attendait à l'arrivée pour lui annoncer sa défaite.
"Tu dois savoir, cher lièvre, que mon grand-père était le porc-épic le plus rapide de son temps. Il ne gagnait pas de monnaies d'or, mais des pommes qu'il mangeait après la course. Moi, en revanche, je ne veux pas de pommes, je veux cette belle pièce d'or que tu m'as promise!" dit l'un des frères.

Le lièvre, épuisé, se laissa tomber à terre; la tête lui tournait et ses
muscles étaient durs comme du bois.
"Cette course sera ma fin!" Je mourrai sur ce champ où je croyais
être si rapide! Quelle honte! Quelle humiliation!"
La bouche pleine de bave, il se traîna chez lui pour aller chercher
la monnaie d'or qu'il n'aurait jamais cru devoir perdre, et, les larmes
aux yeux, la donna au porc-épic.
"Heureusement, mon grand-père est mort et n'est plus là pour me
voir! Qui sait ce qu'il aurait dit s'il m'avait vu humilié de cette façon
par un porc-épic, après m'avoir si bien appris à courir!"

———o⊃o⊂o———

Ce soir-là, chez les porcs-épics, il y eut une grande fête: à tour
de rôle les jumeaux dansèrent en levant triomphalement la
monnaie gagnée.
Papa porc-épic sortit pour l'occasion un vieil accordéon
et ils s'amusèrent toute la nuit.
Heureusement que le secret de la course truquée n'arriva jamais
aux oreilles du lièvre!

LE LIÈVRE ET L'ÉLÉPHANT

Il était une fois... dans une forêt indienne, un éléphanteau qui jouait souvent avec un gros lièvre.

Malgré leur différence de taille, ils s'étaient liés d'amitié.

Pendant leurs jeux, il se posaient parfois d'étranges devinettes.

Un jour, ainsi, le lièvre demanda à son ami:

"Selon toi, qui est le plus grand de nous deux?"

En entendant cette question absurde, l'éléphanteau faillit avaler de travers la banane qu'il était en train de manger:

"Tu veux plaisanter, j'espère; ne vois-tu pas que, même debout, tu ne m'arrives pas aux genoux?"

Mais le lièvre insista:

"Ça c'est toi qui le dis. Je ne suis pas d'accord avec toi; je suis au contraire convaincu d'être le plus grand.

Il nous faut donc un arbitre; d'accord?"

"Bien sûr!" répondit l'éléphanteau toujours plus étonné.

"Bon, nous irons au village et écouterons l'avis des hommes. Comme ce sont les plus intelligents des animaux, ils seront meilleurs juges."

Arrivés à proximité du village, ils commencèrent à rencontrer du monde.

"Regardez cet éléphanteau! Comme il est petit!" disaient certains en croisant l'étrange couple. "C'est vrai, il est très petit, mais il deviendra grand lui aussi!" commentaient d'autres. Puis quelqu'un aperçut le lièvre qui cherchait à marcher devant, en gonflant sa poitrine: "Quel gros lièvre!" D'autres gens, à son passage, s'exclamaient: "Regardez! Quelles pattes, et quelles oreilles! C'est le lièvre le plus gros que nous ayons jamais vu!" Le lièvre, alors, s'adressa à son ami: "Rentrons! Notre problème est désormais résolu: je suis grand et tu es petit!"

L'éléphanteau comprit que le lièvre l'avait battu par sa ruse et, sur le moment, il ne sut comment lui donner la réplique. Mais, lorsqu'il se retrouvèrent sur le sentier de la forêt, il leva une patte au-dessus du lièvre et dit: "Ecarte-toi en vitesse, si tu ne veux pas que la patte du petit éléphant que je suis écrase un gros lièvre comme toi!"

Il y avait une fois....

...un menuisier, nommé Maitre Cerise; occupé à changer le pied d'une table, il eut entre les mains un étrange morceau de bois qui se mit à gémir au moment où le menuisier s'apprêtait à l'entailler. Effrayé, Maître Cerise jugea prudent de s'en défaire sans tarder et il le donna à Geppetto, un de ses amis, qui désirait construire un pantin.

Geppetto était cordonnier de son état; en rentrant chez lui, satisfait, le morceau de bois sous le bras, il cherchait un nom pour le pantin: "Je l'appellerai Pinocchio!" C'est un nom qui porte chance. Arrivé dans la soupente qui lui servait à la fois de maison et d'atelier il commença à entailler le morceau de bois.
"Aie! Tu me fais mal!" entendit-il soudain. A son grand étonnement, le morceau de bois s'animait. Le brave homme, émotionné, continua son travail: après la tête, il lui fit des cheveux, puis des yeux, qui tout de suite, le regardèrent fixement. Il avait à peine terminé le nez que celui-ci s'allongea; il eut beau le tailler plusieurs fois, toujours le nez reprit de la longueur. Alors il fit la bouche, et celle-ci aussitôt se mit à rire, mais Geppetto protesta, le pantin lui tira la langue, mais ce n'était encore rien, car lorsqu'il eut des mains le pantin enleva la perruque de Geppetto, et aussitôt qu'il eut des jambes, ce fut un coup de pied.
Geppetto, les larmes aux yeux, s'exclama: "Quel gredin de fils! Je n'ai pas encore fini de te façonner que tu commences déjà à manquer de respect à ton père!"
Pinocchio se mit à courir dans la pièce, poursuivi par Geppetto et finalement il s'enfuit dans la rue par la porte ouverte.

Geppetto le suivit, cherchant à le rattraper. Mais Pinocchio courait plus vite que lui. "Arrêtez-le! Arrêtez-le!" Parmi la foule qui assistait amusée à la scène, personne ne fit un geste, sauf un garde qui, ayant entendu les cris, se planta au milieu de la rue et se saisit du fugitif qu'il rendit à son père. "Je te tirerai les oreilles!" dit Geppetto tout essouflé; mais il s'aperçut que la punition n'était pas possible, car des oreilles, le pantin n'en avait pas encore. Pinocchio, effrayé d'avoir été saisi par le garde, demanda pardon à Geppetto. Non seulement le cordonnier lui pardonna sa fugue, mais, rentré à la maison, il lui fit une petite veste en papier à fleurs, un pantalon, une paire de chaussures en écorce et un petit béret en mie de pain. Le pantin embrassa son père: "Je veux aller à l'école, apprendre des choses pour pouvoir t'aider quand tu seras vieux!" s'exclama-t-il, heureux.
Emu, Geppetto répondit: "C'est très gentil de ta part, mais je n'ai pas d'argent pour acheter un alphabet!" Pinocchio en fut triste lui aussi. Brusquement, Gepetto se leva et sortit de la maison après avoir enfilé sa vieille veste, car il s'était mis à neiger. Il revint peu après, un alphabet à la main mais sans sa veste. "Et ta veste, papa?" "Je l'ai vendue!" "Pourquoi?" "Parce que j'avais trop chaud!" Quel bon père!
Pinocchio sauta au cou de Geppetto et l'embrassa.

153

154

Il avait cessé de neiger. Pinocchio, l'alphabet neuf sous le bras, partit pour l'école, plein de bonnes intentions : "Aujourd'hui, je vais tout de suite apprendre à lire puis demain à écrire, et ensuite à compter. Après je gagnerai de l'argent et j'achèterai une belle veste neuve à Geppetto. Il la mérite, parce que..."
Mais il fut distrait dans ses pensées par les échos d'une fanfare ; oubliant l'école, Pinocchio se rendit sur une place et se mêla à la foule qui se pressait devant une barraque ornée de couleurs vives. "Qu'est-ce que c'est ?" demanda Pinocchio à un petit garçon.
"C'est le grand Théâtre des Marionnettes !"
"Combien coûte le billet d'entrée ?"
"Quatre sous !" lui répondit-on.
"Qui me donne quatre sous pour ce beau livre neuf ?" demanda Pinocchio à haute voix. Un brocanteur lui donna satisfaction et Pinocchio put s'acheter un billet. Pauvre Geppetto ! Tous ses sacrifices se révélaient inutiles ! A peine Pinocchio fut-il entré dans le théâtre qu'une des marionnettes, sur la scène, s'aperçut de sa présence et s'exclama : "Pinocchio est là ! Pinocchio est là !"
"Viens ici ! Viens vers nous ! Hourra pour notre frère Pinocchio !" crièrent en chœur les marionnettes.
Pinocchio finit par rejoindre ses nouveaux amis, tandis que les spectateurs s'indignaient de cette confusion.
C'est alors qu'apparut Mange-feu, le marionnettiste, un véritable géant, pas beau et dont les yeux étaient injectés de sang :
"Qu'est-ce qui se passe ? maintenant tout le monde en place ! Nous réglerons tout ça ce soir !"

Le soir venu, Mange-feu prépara son repas, mais lorsqu'il s'aperçut que le bois manquait pour achever la cuisson d'un beau morceau de mouton, il se souvint de l'intrus qui avait perturbé le spectacle.

"Viens ici, Pinocchio! Tu me serviras de bois de feu!" Le pauvre pantin se mit à pleurer et à gémir: "Papa! Sauve-moi! Je ne veux pas mourir... je ne veux pas mourir!"

Mange-feu, surpris pas les propos de Pinocchio, demanda: "Tes parents sont encore vivants?" "Papa, oui, maman je ne l'ai jamais connue!" répondit Pinocchio d'une toute petite voix.

L'homme aussitôt s'attendrit: "Ton père aurait de la peine si je te jetais dans le feu... Mais je dois bien finir de cuire ma viande! Je brûlerai donc un autre pantin! Gendarmes! Ficelez Arlequin et amenez-le-moi!" Pinocchio se mit alors à pleurer plus fort: "Pitié, Excellence!... Pitié, monseigneur! Je vous demande grâce pour le pauvre Arlequin!"

"Il n'y a pas de grâce qui tienne, hurla Mange-feu; je veux manger ma viande bien cuite!" "En ce cas, rétorqua fièrement Pinocchio en se levant, il n'est pas juste qu'Arlequin doive mourir à ma place! Brûlez-moi!" Mange-feu en resta perplexe: "Tiens, tiens," se dit-il, "Un pantin héroïque, je n'en n'avais jamais rencontré!" Il renifla et dit d'un ton plus aimable: "Tu es vraiment un bon enfant! Après tout..." Pinocchio se à mit espérer; le marionnettiste le fixa longuement "D'accord! Ce soir je mangerai ma viande à moité cuite, mais la prochaine fois, gare à vous!"

Les pantins, heureux de voir épargnés deux des leurs, organisèrent aussitôt une grande fête.

Mange-feu demanda à Pinocchio de lui raconter toute son histoire; ému par la bonté de Geppetto, il donna cinq pièces d'or au pantin. "Porte-les à ton père! Dis-lui de s'acheter une veste neuve. Et salue-le bien de ma part!"

Pinocchio quitta heureux le Théâtre des Marionnettes, en remerciant Mange-feu de sa générosité. Il était sur le chemin de sa maison lorsqu'il rencontra un chat très myope et un renard boiteux, et il ne résista pas à la tentation de leur raconter ce qu'il venait de vivre. Les deux larrons, à la vue des pièces d'or, échafaudèrent immédiatement un plan pour s'en emparer, et ils lui dirent: "Si tu veux vraiment rendre ton père heureux, tu devrais lui en apporter bien davantage. Nous connaissons un champ magique où tu pourrais semer tes pièces et en récolter dix fois plus."

"Comment est-ce possible?" demanda Pinocchio. "Je vais te l'expliquer," répondit le Renard: "Dans le Pays des Nigauds, il y a un champ que chacun appelle Champ des Miracles; si tu mets une pièce d'or dans un trou du sol, le lendemain tu trouves un bel arbre couvert de pièces neuves!"

L'ingénu Pinocchio se laissa aisément convaincre par les deux compères, et ils allèrent tous trois à l'Auberge de l'Ecrevisse Rouge afin de fêter leur rencontre et la future richesse de Pinocchio. Ils dînèrent puis se reposèrent un moment, car ils devaient se réunir tous trois à minuit pour aller au Champ des Miracles. A l'heure convenue, l'aubergiste réveilla Pinocchio et lui annonça que le Chat et le Renard étaient déjà partis depuis longtemps. Pinocchio fut obligé de payer l'aubergiste avec une de ses belles pièces d'or, puis il partit à travers bois vers le champ magique. Soudain, deux personnages encapuchonnés de sombre se dressèrent sur son chemin: "La bourse ou la vie!" menacèrent-il. Pinocchio, qui avait mis les pièces d'or sous sa langue, ne répondit rien. Les deux brigands eurent beau le menacer, lui promettre la pendaison, Pinocchio resta absolument silencieux. Alors les brigands passèrent une corde autour du cou de Pinocchio et le pendirent à un arbre. "Papa, mon cher papa, aide-moi!" fut la dernière pensée de Pinocchio.

Le Chat et le Renard, car il s'agissait d'eux, s'éloignèrent en le menaçant: "Tu resteras pendu jusqu'à ce que tu te décides à parler. Nous reviendrons pour voir si tu as changé d'idée!" Mais une fée qui habitait tout près de là avait entendu les voix des brigands...

C'était la Fée Turquoise; d'une fenêtre de son château elle vit Pinocchio se balançant à l'arbre. Prise de pitié, elle frappa trois fois des mains et aussitôt un faucon et un chien apparurent, comme par enchantement. "Vite, dit la Fée au premier, vole jusqu'au chêne et de ton bec, coupe la corde à laquelle est pendu le pauvre enfant!" S'adressant ensuite au second: "Toi, cours à l'arbre avec un chariot et amène-le ici avec précautions!" Aussitôt dit, aussitôt fait: Pinocchio, qui semblait mort, se retrouva au château dans un bon lit douillet, examiné par le Corbeau, la

Chouette et le Grillon, trois médecins célèbres que la Fée avait
appelés entre-temps.
Le médicament amer que conseillèrent les trois médecins remit
Pinocchio rapidement sur pied. La Fée lui demanda ensuite, en
lui caressant les cheveux: "Raconte-moi ce qui t'est arrivé!"
Pinocchio, en disant son histoire, ne mentionna pas la vente de
l'alphabet; et quand sa bienfaitrice lui demanda où étaient
passées les pièces d'or, il répondit qu'il les avaient perdues, alors
qu'en fait elles étaient au fond de sa poche.
Immédiatement, son nez commença à s'allonger, et la Fée lui dit
en riant: "Tu as dit un mensonge, cela se voit tout de suite, car
ton nez s'allonge!"
Pinocchio, rouge de honte, ne sachant plus comment cacher ce
nez encombrant, se mit à pleurer. Une nouvelle fois, la Fée fut
prise de pitié; elle frappa des mains et une nuée de pics
arrivèrent, donnèrent du bec sur le nez qui redevint ainsi normal.
"Prends garde désormais de ne plus dire de mensonges; sinon,
à chaque fois, ton nez s'allongera!" lui recommanda la Fée. "Et
maintenant, retourne chez ton papa pour lui remettre les pièces
de monnaie!" Pinocchio, reconnaissant, l'embrassa puis partit en
courant vers sa maison. Arrivé près du chêne, dans le bois, il
rencontra malheureusement le Chat et le Renard. Oubliant les
promesses faites, il se laissa de nouveau convaincre
par les compères et enterra ses pièces
d'or dans le Champ des Miracles.
Le jour suivant, il y revint tout
confiant. Hélas! Les pièces
avaient disparu!

Désespéré, Pinocchio, rentra chez lui sans les pièces que Mange-feu lui avait données pour Geppetto. Mais celui-ci, après l'avoir grondé pour sa longue fugue, lui pardonna; et l'école accueillit enfin le pantin, qui semblait avoir acquis un brin d'intelligence. Mais là, il rencontra quelqu'un pour lui faire reprendre la mauvaise pente: c'était le plus paresseux des élèves de la classe. "Pourquoi ne viens-tu pas avec moi au Pays des Jouets? On n'y travaille jamais, on passe son temps à jouer!"
"Un tel pays existe vraiment?" demanda Pinocchio, incrédule.
"Ce soir, le carrosse qui m'y conduit passera par ici" lui dit Mèche, "veux-tu venir avec moi?"
Pinocchio, oubliant les promesses faites à son père et à la Fée se préparait de nouveaux ennuis.
A minuit, le carrosse vint prendre les deux amis et d'autres enfants qui, comme eux, étaient impatients d'arriver dans un pays sans livres, sans instituteurs et encore moins d'écoles.
Douze paires d'ânes, non pas ferrés comme des animaux de trait mais chaussés de bottines blanches, étaient attelés au carrosse.
Ils prirent tous place, mais Pinocchio, plus heureux que les autres, monta sur un âne. Le Pays des Jouets les attendait...

Tout à fait bien comme Mêche l'avait promis : au Pays des Jouets, les enfants passaient leur temps à s'amuser, l'école n'existait pas et il était même interdit d'en parler. Pinocchio n'en revenait pas de pouvoir jouer toute la journée.

"Quelle belle vie!" s'exclamait Pinocchio chaque fois qu'il rencontrait Mêche.

"Tu vois que j'avais raison!" répliquait celui-ci avec satisfaction.

"C'est vrai Mêche! Si je suis pareillement heureux, maintenant, c'est bien grâce à toi. Quand je pense que le maître me disait de t'éviter..." Mais un matin au réveil, Pinocchio eut une mauvaise surprise: à la place de ses oreilles dessinées – car Geppetto n'avait pas eu le temps de lui en tailler dans le bois-se dressaient deux oreilles poilues qui avaient poussé pendant la nuit. Pis encore, le lendemain matin les deux oreilles poilues étaient plus longues. Honteux, Pinocchio se coiffa d'un bonnet de laine et se mit à la recherche de Mêche... Lui aussi portait un bonnet qui lui tombait jusqu'au nez. Les deux amis se regardèrent longuement, puis ils retirèrent leur bonnet, découvrant l'autre avec ses drôles d'oreilles. Ils riaient tant et plus, quand subitement, Mêche devint pâle et se mit à vaciller: "A l'aide, Pinocchio! Au secours!" Mais Pinocchio vacillait lui aussi, et il pleurait. Le visage des deux enfants lentement se transforma, puis leurs bras et leurs jambes. Ils se retrouvèrent à quatre pattes, transformés en petits ânes gris. Lorsque le propriétaire du carrosse qui les avait conduits au Pays des Jouets entendit le braiment des nouveaux ânes, il se frotta les mains de satisfaction: "Voilà encore deux ânes à conduire au marché. J'en retirerai au moins quatre pièces d'or!"

C'était donc le triste sort de tous les enfants qui abandonnaient l'école pour passer leur temps à jouer. Mêche fut vendu à un paysan et Pinocchio à un directeur de cirque, qui lui apprit aussitôt à sauter et à danser comme les autres animaux de la troupe. Qu'elle était dure la vie d'âne! Du foin pour toute nourriture, et lorsqu'il n'y en avait plus, de la paille! Et les coups de fouet! Tous les jours, pour les difficiles exercices de cirque. Jusqu'au jour où, contraint de sauter au travers d'un cerceau, il tomba et se brisa une patte. Le directeur du cirque appela alors le garçon d'écurie: "Je n'ai que faire d'un âne boiteux! Conduis-le sur la place et revends-le, à n'importe quel prix." Il n'y eut pas d'intéressé, sauf un homme: "Je l'achète, juste pour sa peau! Je vais en faire un beau tambour pour la fanfare de mon village!" Pour quelques sous, Pinocchio changea de maître. Mais ayant compris la triste fin qui l'attendait, il se mit à braire lamentablement.

L'homme gagna le bord de la mer, attacha une grosse pierre au cou de son âne, lui lia une patte à l'extrémité d'une longue corde, puis le poussa à l'eau. S'étant assis sur un rocher, l'homme attendit que l'animal mourût noyé pour pouvoir ensuite l'écorcher et retirer sa peau. Sous l'eau, Pinocchio sentait sa fin proche; les soucis qu'il avait donnés à Geppetto, les promesses qu'il n'avait pas tenues lui revinrent brusquement à l'esprit, et il invoqua encore une fois la Fée Turquoise.

La Fée entendit l'appel de Pinocchio et, comprenant que ce dernier était sur le point de se noyer, elle envoya un banc de gros poissons dévorer la chair de l'âne, jusqu'à l'os, ou plutôt au bois dont était fait Pinocchio. Lorsque les poissons eurent fini leur travail, Pinocchio sentit qu'on le retirait de l'eau en tirant sur la corde.

Ce n'est donc pas un âne mort que l'homme, stupéfait, vit sortir de l'eau, mais un pantin vivant qui se démenait comme un beau diable. A peine revenu de sa surprise, l'homme bafouilla en pleurant presque: "Et l'âne que j'ai jeté à la mer, où est–il?"
"L'âne c'est moi!" répondit le pantin en riant. "Toi! Ne cherche pas à te moquer de moi! Si je me fâche... je..."
Pinocchio lui raconta patiemment son histoire puis conclut: "... Voilà pourquoi en tirant sur la corde vous avez trouvé un pantin vivant et non un âne mort!"

"Ton histoire ne m'intéresse pas! hurla l'homme. Je sais seulement que j'ai dépensé vingt sous pour t'acheter, et je veux récupérer mon argent! Je n'ai plus d'âne, je vais donc te ramener au marché et te vendre comme bois de feu!"
Pinocchio, qui s'était éloigné, lui fit alors un pied de nez, plongea dans la mer et s'éloigna à la nage.
"Adieu! Quand vous aurez besoin de bois pour votre cheminée, souvenez-vous de moi!"

Pinocchio, heureux d'être redevenu un pantin de bois, s'éloigna du rivage en nageant joyeusement. Bien vite, il ne fut qu'un point au milieu des flots. Une autre mésaventure l'attendait cependant: un monstrueux requin apparut derrière lui. Pinocchio se rendit compte de ce qui l'attendait et se mit à nager le plus rapidement possible pour échapper à la gueule du monstre. Il tenta de brusques changements de direction, accéléra encore ses mouvements de nage en y mettant toutes ses forces; mais l'animal se rapprochait, et Pinocchio entendait le bruit des vagues et des tourbillons provoqués par son poursuivant. Soudain, il se sentit emporté, aspiré violemment en compagnie de nombreux poissons qui avaient eu le malheur de se trouver devant le terrible requin. Ballotté fortement par l'eau tourbillonnante, Pinocchio s'évanouit au moment de traverser la gorge du requin. Lorsqu'il revint à lui, l'obscurité la plus profonde régnait autour de lui. Le bruit d'une puissante respiration régulière lui rappela où il se trouvait. Avançant alors à quatre pattes le long de ce qui lui semblait être un chemin en pente, il se mit à hurler: "Au secours! Au secours! Personne ne viendra donc me sauver?"

Soudain, il aperçut une pâle lueur ; avançant toujours, il comprit qu'elle provenait d'une flamme lointaine. Alors il retrouva courage et soudain... "Papa ! Comment est-ce possible ?..."
"Pinocchio ! Mon enfant ! C'est bien toi !..." Ils s'embrassèrent, émus jusqu'aux larmes, puis se racontèrent leurs mésaventures respectives. Geppetto, les yeux brillants de larmes, caressait la tête du pantin en lui expliquant comment il était arrivé dans le ventre du requin :
"Je t'ai cherché partout et comme je ne te trouvais pas sur la terre, j'ai pensé aller plus loin et j'ai construit une petite barque. Mais j'ai fait naufrage dans une tempête et le requin m'a englouti. Par chance le requin avale aussi les débris des bateaux, et j'ai trouvé ainsi de quoi survivre !"

"Et nous sommes toujours vivants!" conclut Pinocchio après avoir lui aussi expliqué ce qui lui était arrivé... "Et nous devons sortir d'ici!" Le pantin prit Geppetto par la main et ils remontèrent le corps du monstre en s'éclairant à l'aide d'une bougie.

Parvenus dans la vaste gorge du requin, ils s'arrêtèrent, craignant le pire ; par chance, la nuit, le monstre dormait la bouche ouverte car il souffrait d'asthme. "Sauvons-nous tout de suite", murmura Pinocchio. Puis il se mit à l'eau et nagea rapidement, emportant Geppetto sur son dos.

Fort heureusement, le jour précédent, le requin s'était approché du rivage, et à l'aube, les deux rescapés purent atteindre la terre ferme. Geppetto, trempé, était à demi mort de froid. "Appuie-toi sur moi, papa chéri; je ne sais pas où nous sommes, mais nous trouverons bien le chemin de la maison!" Non loin d'eux se trouvait une cabane de branchages abandonnée où ils trouvèrent refuge. Geppetto était très fiévreux, aussi Pinocchio décida de partir à la recherche d'un peu de lait. Un bêlement de chèvre lui parvint, qui lui permit de rencontrer un paysan; mais il n'avait pas d'argent pour acheter le lait nécessaire. Le paysan lui dit: "Mon âne est mort; si tu fais tourner à sa place la roue du moulin pendant une demi-journée, je te donnerai le lait que tu veux!" C'est ainsi que, pendant des jours et des jours, Pinocchio se leva chaque matin de bonne heure pour se procurer de quoi nourrir Geppetto. Finalement, le pantin et son père purent rentrer chez eux. Pinocchio se mit à travailler, souvent jusque tard dans la nuit: il confectionnait des corbeilles et des paniers de jonc pour gagner de quoi les faire vivre tous les deux. Un jour, il apprit que la Fée Turquoise, gravement malade, était à l'hôpital. Pour aider sa bienfaitrice, il renonça à s'acheter un vêtement neuf et lui envoya la somme pour l'aider à se faire soigner. Une nuit, Pinocchio fit un très beau rêve: il vit la Fée Turquoise qui le remerciait; et à peine réveillé, en se regardant dans un miroir, il s'aperçut qu'il était un beau petit garçon aux cheveux bruns et aux yeux bleus. Tout heureux, Geppetto l'embrassa. "Et le vieux Pinocchio en bois, où est-il?" demanda le petit garçon encore incrédule. "Il est ici, répondit alors Geppetto; car lorsque les enfants se décident à devenir gentils, leur vie change, et leur aspect aussi!"

L'AVIS DES AUTRES

Il était une fois... un paysan qui se rendit avec son fils au marché pour y vendre un âne.

Afin que l'animal y arrive dans les meilleures conditions possibles, il le fit monter sur une brouette qu'il s'épuisa à pousser le long de la route.

Devant ce spectacle insolite, certains passants s'exclamèrent: "Cet homme est fou! A-t-on jamais vu un âne se faire porter par son maître?"

L'homme en fut un peu embarassé, d'autant plus que les commentaires et les protestations se multipliaient.

Mais lorsque le paysan passa devant l'atelier d'un maréchal-ferrant et que ce dernier lui demanda s'il avait besoin de fers aux pieds-puisqu'il avait pris la place de son animal-c'en fut trop pour le paysan. Il s'arrêta, fit descendre l'animal de la brouette, monta sur son dos et repartit, son fils suivant à pied. S'il avait su!

Des femmes qui revenaient du marché le réprimandèrent immédiatement: "Homme sans coeur! Grand et fort comme tu es, tu te fais transporter par l'âne, tandis que ton fils voyage à pied! Quelle honte!"

Et d'autres injures fusèrent!

Perplexe, le paysan descendit de l'âne et il retira son chapeau pour essuyer la sueur qui perlait sur son front:
"Je n'aurais jamais pensé que conduire un âne au marché fût une tâche aussi difficile!"
Puis il fit monter son fils sur l'âne et lui-même suivit à pied.
Mais cette solution, elle aussi, suscita les protestations d'un groupe d'hommes:
"Regardez! Regardez! Que ne faut-il voir! Un fils qui voyage commodément et oblige son vieux père fatigué à marcher! Quelle honte!" Déconcertés, le père et le fils s'arrêtèrent de nouveau.
Que faire pour ne pas être critiqués?
Il décidèrent alors de grimper tous les deux sur l'âne. "Des gens sans pitié! A-t-on jamais vu deux personnes sur le dos d'un pauvre âne?" s'exclamèrent cette fois les passants... Alors le paysan perdit patience et donna un grand coup de talon à l'âne:
"Avance,toi! A partir de maintenant j'agirai à ma façon, sans écouter l'avis de quiconque."

CHICHIBIO ET LA GRUE

Il était une fois... un noble florentin, maître Corrado, chasseur passionné, et célèbre pour les fêtes qu'il donnait dans son palais. Un jour, ayant capturé une belle grue au faucon, il la remit à son cuisinier Chichibio en lui ordonnant de la rôtir avec soin. La cuisson était presque terminée lorsqu'une belle jeune fille dont Chichibio était amoureux passa lui dire bonjour. Sentant l'odeur alléchante de rôti, celle-ci insista tant que Chichibio finit par lui donner une cuisse de la volaille. Lorsque la grue fut sur la table de maître Corrado, celui-ci appela Chichibio immédiatement. Qu'était devenue l'autre cuisse de la grue? Embarrassé, le brave homme répondit: "Seigneur, les grues n'ont qu'une seule patte!" "Comment une seule patte? demanda maître Corrado. Crois-tu que ce soit la première grue que je voie?" Chichibio se permit d'insister: "C'est pourtant ainsi! Avec des oiseaux vivants, je pourrais vous le prouver!" Maître Corrado, par respect pour ses hôtes, conclut la discussion: "D'accord, nous verrons cela demain; mais si tu as menti, tu t'en repentiras amèrement!" Le lendemain au lever du soleil, maître Corrado, dont la colère n'avait fait qu'augmenter durant la nuit, ordonna de seller les chevaux. "Nous verrons bien maintenant qui de nous deux a menti!" dit-il d'un air menaçant. Chichibio, effrayé, ne sachant quelle attitude prendre, pensa à s'enfuir. Cependant, près du fleuve, il aperçut le premier un groupe de grues encore endormies qui se tenaient à leur façon, c'est-à dire sur une seule patte. "Maître, maître, regardez!" cria-t-il tout de suite, regardez! C'est moi qui avais raison! Vous voyez bien qu'elles n'ont qu'une seule patte!" "Ah, oui! C'est ce que je vais te faire voir!" repartit Maître Corrado. Il frappa dans ses mains en criant: "Oh! Oh!" les grues posèrent l'autre patte au sol et s'envolèrent. "Que te semble-t-il, coquin? As-tu vu qu'elles ont deux pattes, maintenant?" "Seigneur, repartit Chichibio, vous auriez dû crier:"Oh! Oh!" hier soir, la grue aurait allongé l'autre patte!" L'amusante réponse de Chichibio fit tomber la colère de maître Corrado: "Tu as raison, Chichibio, c'est bien ce que j'aurais dû faire!" lui dit-il en riant et en lui donnant une tape sur l'épaule. C'est ainsi qu'ils firent la paix.

LES TROIS DESIRS

Il était une fois... au plus profond d'une grande forêt, un bûcheron qui vivait heureux avec son épouse dans une jolie petite maison de bois.

Chaque matin, il se rendait au travail en chantant, et, le soir, une bonne soupe fumante l'attendait.

Mais un jour, le destin lui réserva une étrange surprise alors qu'il s'apprêtait à abattre un gros pin.

L'arbre lui avait bien paru un peu différent des autres avec ses gros noeuds creux mais il fut franchement surpris quand le visage effrayé d'un lutin apparut à l'un des trous.

" Tu ne penses pas couper cet arbre, j'espère, c'est ma maison, c'est ici que je vis!"

Le bûcheron laissa tomber sa
hache: "A dire vrai, je..."
bafouilla-t-il.
"N'y a-t-il pas assez d'arbres
dans la forêt? faut-il vraiment
que tu choisisses celui-ci? Par
chance, je suis chez moi; sinon,
à mon retour, je me serais
trouvé sans abri!"
Le premier étonnement passé,
et prenant conscience que le
lutin était minuscule tandis que
lui-même était grand et robuste,
le bûcheron se ressaisit;
"J'ai bien le droit de couper les
arbres que je veux, non? Par
conséquent..."
"D'accord! D'accord!, interrompit le lutin de sa toute petite voix
"voilà ce que nous allons faire: tu ne coupes pas cet arbre et,
en échange, j'exaucerai tes trois prochains souhaits! cela te
convient-il?" L'homme se gratta la tête: "Trois désirs, dis-tu?
D'accord, j'accepte!" Et il s'attaqua à un autre arbre. Travaillant
et suant," il ne cessa de penser à la proposition.
"Je demanderai conseil à ma femme."
Il trouva celle-ci devant la cabane, occupée à nettoyer une
casserole; la prenant par la taille, il lui fit faire une pirouette:
"Youpi! Youpi! la chance vient de nous sourire." Ne comprenant
pas l'étrange comportement de son mari, elle lui répondit un
peu brusquement; plus tard le bûcheron, assis devant un verre
de bon vin, lui raconta en détail la rencontre faite dans le bois.
Ensemble, ils se mirent alors à rêver aux merveilleuses
conséquences que la proposition du lutin supposait.
Perdue dans ses rêves de fantastique, la femme du bûcheron
but machinalement une gorgée du vin que son mari s'était servi.

"Il est bon!" dit-elle en faisant claquer sa langue. "Je mangerais bien une chaîne de saucisses avec ce vin!" Elle s'interrompit aussitôt en se mordant les lèvres mais il était trop tard!

Le bûcheron, voyant apparaître les saucisses sur la table, se mit en colère: "Qu'as-tu-dit là? Tu as gâché stupidement un des trois souhaits! Comme tu es sotte, femme!"

S'énervant davantage, il poursuivit: "Maudites saucisses! Je voudrais bien qu'elles te collent au nez..."

Qu'avait-il dit! Les saucisses se mirent en mouvement, sautèrent au nez de son épouse et s'y collèrent. Ce fut au tour de la femme de se fâcher: "Mais qu'as-tu fait là, malheureux! Tu as gâché un autre souhait!... Tu es vraiment sot! Quand je pense à toutes les choses que nous aurions pu demander!" Le bûcheron, mortifié d'avoir commis une pareille erreur, s'exclama: "Je me couperais..." Par chance, il s'interrompit. Autrement, pensa-t-il avec terreur, il aurait dû vivre sans langue. Sa femme continuait de l'insulter, mais le pauvre homme finit par éclater de rire: "Si tu savais comme tu es drôle, avec ces saucisses au bout de ton nez!" Cela ne fit qu'augmenter la colère de la femme, qui ne prenait pas conscience des suites réellement à craindre. Elle tenta de se séparer des saucisses, mais sans résultat. Elle recommença, en y mettant plus d'énergie. Rien à faire! Les saucisses ne se détachaient pas. Alors, terrorisée elle gémit: "Je resterai ainsi toute ma vie..." Son mari fut pris de pitié, mais il se mit aussi à craindre de devoir côtoyer constamment une épouse au nez si

encombrant. "Je vais **essayer** à mon tour!" dit-il en saisissant la chaîne de saucisses; et il se mit à tirer de toutes ses forces, avec pour seul résultat de faire lourdement tomber sa femme sur lui. Assis par terre, les malheureux se regardèrent tristement: "Et maintenant, qu'allons-nous-faire?" se dirent-ils. Tous deux avaient la même pensée, et c'est la femme qui, la première, suggéra: "Il n'y a qu'une solution..."
"Malheureusement oui!" répondit son mari d'un air désolé; il songea à tous les rêves de richesse qu'ils avaient faits inutilement et se résolut à formuler le troisième souhait: "Je veux que les saucisses se détachent du nez de ma femme!" Le souhait fut immédiatement exaucé. Ils tombèrent dans les bras l'un de l'autre, en pleurant; mais ils surent se consoler: "Nous resterons pauvres, mais nous serons heureux, comme avant!" De la rencontre avec le lutin, il ne leur resta que la chaîne de saucisses. Aussi se décidèrent-ils à les rôtir pour le repas du soir. Et ils les mangèrent mélancoliquement, en songeant à tout ce à quoi ce simple plat les obligeait à renoncer.

ALI
ET LA SELLE
DU SULTAN

Il était une fois... un sultan très puissant, dont le royaume s'étendait jusqu'au seuil du désert.

Parmi les habitants, il en était un nommé Ali, qui prenait plaisir à se moquer de l'autorité du souverain. Il inventait, sur le compte de celui-ci et de sa cour, d'innombrables histoires qui faisaient se tordre de rire ses auditeurs.

Il était ainsi devenu si célèbre et si populaire que tous, en le voyant, le désignaient du doigt en riant.

Mais il arriva que les plaisanteries d'Ali parvinrent aux oreilles du sultan. Celui-ci, énervé et vexé, ordonna à ses gardes de lui amener le drôle. "Il recevra la punition que mérite son insolence!" se dit-il en se frottant les mains de satisfaction et en pensant aux coups de fouet qu'il lui ferait donner.

Quand Ali fut en présence du sultan, il s'inclina jusqu'à terre et s'adressa aussitôt à lui en ces termes: "Seigneur, je te remercie d'avoir exaucé le plus cher désir de ma vie: te voir, afin de t'exprimer de vive voix toute mon admiration pour ta beauté et ta sagesse. J'ai écrit des vers en ton honneur; laisse-moi le privilège de les dire en ta présence!"

Le sultan, surpris du flot de paroles et flatté de ces louanges inattendues, accepta d'écouter Ali. Celui-ci, bien sûr, n'avait écrit aucun poème, mais il ne fut pas en peine d'improviser. Il le fit si bien, comparant la beauté du souverain à celle de l'aube, sa force à celle de la tempête, la puissance de sa voix à celle du vent, qu'il fut applaudi par toute l'assistance.

Le sultan en avait oublié la raison de la présence d'Ali et applaudissait aussi à la qualité des louanges qui lui étaient adressées.

"Bravo! dit-il, tu es un bon poète et tu mérites une récompense! Voici des selles; choisis-en une et emporte-la!"

Ali porta son choix sur une selle d'âne, remercia le sultan et sortit en courant du palais, son cadeau sur le dos.

Les passants, le voyant harnaché de la sorte, lui demandèrent:

"Que fais-tu Ali avec cette selle d'âne sur le dos?"

"J'ai dit devant le sultan un poème en son honneur, et en récompense, il m'a donné un de ses vêtements!"

Et il conclut par un clin d'œil complice.

AMIN ET LES ŒUFS

Il était une fois... un paysan appelé Amin qui, en raison d'une sécheresse, avait perdu toute la récolte du modeste champ qu'il possédait. Il décida donc d'aller chercher fortune dans un autre pays. Après avoir acquis à crédit chez un commerçant une douzaine d'œufs durs pour se nourrir pendant le voyage, il partit à dos d'âne.

Sept ans plus tard, Amin revint au village, monté cette fois sur un magnifique cheval noir et suivi d'un serviteur conduisant un chameau chargé de pièces d'or et d'argent.

La nouvelle qu'il était devenu riche eut tôt fait de se répandre parmi les habitants du pays.

Le commerçant qui lui avait remis les douze œufs à crédit se précipita à sa porte pour réclamer cinq cents pièces d'argent en règlement de la vieille dette.

Amin, naturellement, refusa de s'acquitter d'une telle somme, et l'affaire finit devant le juge.

Le jour de l'audience, le commerçant arriva au tribunal à l'heure indiquée, mais Amin n'était pas là. Le juge attendit pendant plus d'une heure, et il était sur le point d'ajourner l'audience quand Amin arriva, tout essoufflé.

La parole fut immédiatement donnée au commerçant, qui justifia sa requête en disant: "J'ai demandé à Amin de me payer cinq cents pièces d'argent, car des douze œufs qu'il m'a achetés il y a sept ans auraient pu naître douze poussins. Ces derniers, devenus poules et coqs, se seraient multipliés, ils auraient fait naître d'autres poules et d'autres coqs et ainsi de suite. De sorte que, sept ans plus tard, j'aurais eu un énorme poulailler."

"C'est vrai! s'exclama le juge; tu as raison!" Puis, portant sur Amin un regard hostile, il lui ordonna: "Toi, à présent, défends-toi! Mais, auparavant, explique-nous la raison de ton retard!"

Amin ne se troubla pas: "J'avais chez moi une assiette de fèves bouillies, et je les ai semées dans mon jardin pour obtenir une bonne récolte l'an prochain!" Le juge se mit à hurler: "Sot! depuis quand les fèves bouillies donnent-elles une récolte?"

Amin répliqua sans hésitation: "Et depuis quand les œufs durs donnent-ils naissance à des poussins?"

C'est ainsi qu'Amin gagna le procès.

SALEM ET LE CLOU

Il était une fois... un commerçant très habile appelé Salem, qui perdit un jour tout ce qu'il possédait dans l'incendie de son magasin de tapis. Il ne lui resta que sa maison. Comme son existence dépendait de son commerce, il décida de vendre sa maison et d'acheter un nouveau magasin et des tapis avec l'argent qu'il en obtiendrait. La somme qu'il demandait pour la maison n'était pas très élevée, mais à tous les acheteurs qui se présentèrent il imposait une condition un peu farfelue:
"Je vends toute la maison, exception faite de ce clou planté dans le mur, qui restera à moi."
Tous renoncèrent, en raison des doutes que faisait naître une telle condition.
Tous sauf Abraham, un homme plus avare que les autres, qui estima le prix très avantageux et qui réussit, en discutant un peu, à obtenir même une réduction.
L'affaire conclue, le nouveau propriétaire s'installa dans ses murs. Une semaine plus tard Salem frappa à la porte de son ancienne maison. "Je viens suspendre quelque chose à mon clou comme notre accord m'y autorise!" Abraham ne trouva rien à redire; Salem suspendit un grand sac vide au clou, puis il salua tout le monde et s'en alla.
Quelques jours après, Salem se présenta de nouveau pour suspendre cette fois un vieux manteau.
Puis les visites de Salem se firent toujours plus fréquentes: il venait prélever une chose suspendue au clou, en apportait une autre. Son va-et-vient fut continuel.
Mais un soir, sous les regards ébahis d'Abraham et de sa famille, Salem arriva en traînant un âne mort, qu'il parvint non sans peine à suspendre au clou à l'aide d'une corde.

Chacun, chez Abraham, s'indigna du spectacle et de la
puanteur de l'animal, mais Salem s'expliqua tranquillement:
"Le clou est à moi, je peux donc y suspendre ce qui me plaît!"
Abraham eut beau prétendre qu'il lui était insupportable de vivre
en telle compagnie Salem fut inébranlable et refusa de retirer
l'âne: "Si cela ne te convient pas, quitte la maison, mais je ne
te rendrai pas un sou!"
Abraham chercha mille façons d'obtenir de Salem qu'il retirât
l'âne, qui sentait de plus en plus mauvais, mais sans résultat;
l'accord devait être respecté: à lui la maison, à Salem le clou.
Et Abraham fut contraint de quitter la maison. C'est ainsi que
Salem retrouva sa demeure et en garda la valeur en argent.

L'OIE D'OR

Il était une fois... un bûcheron nommé Taddeus, qui semblait peu éveillé et plutôt sot, mais qui avait bon coeur. Un jour, son père l'envoya couper du bois pour la première fois dans une forêt très lointaine; les arbres y étaient d'une espèce inconnue de Taddeus, qui se rendit compte très vite de l'extrême dureté du bois. En sueur, épuisé par ses nombreux coups de hache et découragé par la difficulté, il s'assit au pied du seul arbre abattu et entama son repas. Tout à coup, un drôle de petit homme apparut de derrière un buisson et demanda quelque chose à manger. Aimablement, Taddeus partagea son pain, son fromage et même sa fiasque de vin, qu'ils finirent joyeusement. "De tous ceux qui ont tenté de couper ces arbres, tu es le seul à avoir été bon avec moi!" dit gaiement le petit homme, qui bafouillait un peu, sans doute sous l'effet du vin. "Tu mérites une récompense! Va couper l'arbre du centre de la forêt et tu verras aussitôt tous les autres arbres que tu veux tomber d'eux-mêmes. Puis cherche bien entre les racines, car il s'y trouve un cadeau pour toi. Je suis le Magicien de la Forêt.!"

Après avoir prononcé ces paroles, il disparut. Taddeus, pas étonné le moins du monde, suivit les conseils du petit homme, et son travail fut terminé en un instant. Entre les racines d'un arbre, il découvrit ensuite le "cadeau": une oie aux plumes d'or! Il la mit sous son bras et reprit le chemin de sa maison. Mais, un peu parce qu'il avait bu du vin, un peu parce qu'il connaissait mal la région, il se trompa de route. A la nuit tombée, il arriva dans un village inconnu. Une auberge était encore ouverte. Il y entra, et, s'adressant à la fille de l'aubergiste, commanda à manger pour lui-même et son oie. "Une cuillerée pour moi, une cuillerée pour toi!" Taddeus partagea sa soupe avec l'oie installée en face de lui. Les deux autres filles de l'aubergiste vinrent aussi assister à l'étrange spectacle, et toutes finirent pas demander: "Pourquoi avoir tant d'égards pour une oie?" "C'est une oie magique, qui m'a été offerte par le Magicien de la Forêt. Elle vaut une fortune! A ce propos, comme je dormirai ici cette nuit, je désire une chambre très sûre, car je ne veux pas qu'on me vole mon bien." Durant la nuit, une des trois soeurs se laissa convaincre par les deux autres: "Si c'est une oie magique, même une seule de ses plumes a une grande valeur. Va en voler une!" Mais à peine sa main eut-elle touché la queue de l'oie qu'elle y resta collée; malgré bien des efforts, la jeune fille ne parvint pas à se détacher et elle finit par appeler ses soeurs à voix basse. Celles-ci tentèrent de la libérer, mais elles se trouvèrent à leur tour collées l'une à l'autre et à leur soeur, sans possibilité de se séparer. Taddeus, lui, dormait profondément. Lorsque, enfin, il s'éveilla, il ne parut pas autrement surpris de trouver les trois soeurs, confuses et

honteuses, dans leur bizarre situation. Elles s'adressèrent en pleurnichant au bûcheron: "Comment faire pour nous libérer?" mais celui-ci, sans s'émouvoir, répondit: "Je dois partir avec mon oie; si vous y êtes collées, tant pis pour vous, vous devez me suivre!" Quand l'aubergiste vit passer l'étrange cortège, il s'écria: "Que faites-vous?" Et il saisit la dernière de ses filles par le bras. Mal lui en prit, car il se trouva aussitôt faire partie de l'insolite procession. Ce fut ensuite le tour d'une commère curieuse, puis celui du curé du village. S'accrochèrent encore le boulanger, qui avait mis la main sur l'épaule du curé, et un garde qui avait tenté d'arrêter la course de l'incroyable chaîne. Le passage de Taddeus et de sa suite ayant déclenché une hilarité générale, les rues furent bientôt remplies d'une foule bruyante. Près du village se trouvait le château d'un roi très puissant et très riche, mais rendu soucieux par l'étrange maladie de sa fille unique: celle-ci était depuis longtemps triste et mélancolique, et nul médecin n'avait réussi à la guérir. Le souverain avait fini par organiser un concours en promettant sa fille en mariage à qui parviendrait à la faire rire. Sans résultat. On attendait toujours celui qui ferait renaître le sourire sur les lèvres de la princesse. Le hasard voulut que ce jour-là précisément, la princesse fût sur la place du village, dans son carrosse. Lorsque Taddeus arriva, son oie sous le bras et emmenant sa suite forcée, les rires des badauds l'incitèrent à écarter le rideau. A la vue de l'étrange spectacle, elle éclata de rire. Tous furent étonnés d'entendre pour la première fois le rire de la princesse, davantage encore de la voir descendre de carrosse, s'approcher de Taddeus et rester elle aussi collée à la procession. Riant et s'interpellant bruyamment, Taddeus et sa suite se dirigèrent vers le château, accompagnés de la foule. Quand il aperçut sa fille gagnée par un rire inextinguible, le roi n'en crut pas ses yeux: "C'est un miracle! Un miracle!" Chacun finit par se rendre compte qu'une telle hilarité et une pareille situation devenaient pénibles à la longue. C'est alors qu'apparut un petit homme à barbe blanche et à grand chapeau pointu, qui fit trois claquements de doigts. La chaîne humaine se défit aussitôt. Taddeus voulut remercier le Magicien de la Forêt – car c'était bien lui qui était intervenu –, mais il avait déjà disparu. C'est ainsi, à cause d'un geste aimable, que Taddeus, un bûcheron naïf et simplet, est devenu l'époux de la fille d'un roi.

LES MUSICIENS DE BRÊME

Il était une fois... un âne qui, devenu vieux et inutile, se faisait maltraiter par son maître. Fatigué des brimades qu'on lui infligeait, il décida de partir et, ayant appris que la fanfare municipale de Brême recrutait des musiciens, il estima que quelqu'un comme lui, qui savait si bien braire, aurait toutes ses chances. Chemin faisant, il rencontra un chien maigre et couvert d'ecchymoses, et lui dit: "Viens avec moi et si tu sais bien aboyer, tu trouveras aussi une place dans la fanfare!" Un chat errant, qui depuis bien longtemps n'attrapait plus de souris, se joignit ensuite à eux, et le trio continua plein d'espoir son chemin vers la ville. Passant près d'une ferme, ils s'arrêtèrent pour admirer un vieux coq qui, les ailes déployées, lançait vers le ciel ses cocoricos retentissants.
"Comme tu chantes bien!" "Mais pourquoi es-tu si joyeux?" "Joyeux moi?" répondit le coq, les larmes aux yeux, à ses trois admirateurs. "On veut me mettre à la casserole! Alors je m'offre encore une fois le plaisir de chanter, car demain..."
A lui aussi, l'âne proposa: "Viens avec nous! Avec une voix comme la tienne, tu deviendras célèbre à Brême!" C'est ainsi qu'ils furent quatre!

La route était longue jusqu'à la ville, et à la nuit les animaux se trouvèrent dans l'ombre épaisse et inquiétante d'une forêt. Ils hésitaient entre la poursuite de leur marche et la recherche d'un abri lorsqu'il aperçurent une lumière dans le lointain. C'était d'une maisonnette perdue au milieu des bois que venait cette lumière; ils s'en approchèrent prudemment. L'âne appuya ses pattes de devant sur le bord de la fenêtre, et le chien, puis le chat et le coq curieux montèrent les uns sur les autres pour voir ce qui se passait à l'intérieur...
Autour d'une table garnie, une bande de malfaiteurs célébrait joyeusement un récent succès.

L'âne et ses amis, qui étaient affamés s'agitèrent et s'excitèrent tant que la pyramide instable qu'ils formaient s'effondra, brisa la fenêtre, renversa la lampe qui s'éteignit; la pièce, plongée dans l'obscurité, résonna alors du terrible braiment de l'âne, à qui des éclats de verre avaient blessé le nez, ainsi que des aboiements du chien et du feulement du cha Le coq se joignit au concert et lança un cri perçant. Les brigands, terrorisés par l'épouvantable vacarme, prirent la fuite en hurlant: "Le diable! Le diable!"

C'est ainsi que les quatre animaux purent se rassasier des restes du repas des brigands. Mais plus tard, alors que les nouveaux occupants s'étaient installés pour dormir, un des bandits, qui trouvait la maison bien silencieuse, eut le courage d'y pénétrer pour voir ce qui s'était passé. Après avoir ouvert la porte, il se dirigea en tremblant vers la cheminée, un pistolet en main; prenant les yeux brillants du chat pour deux tisons ardents il y plongea une allumette. Furieux, le chat lui sauta au visage, toutes griffes dehors, le voleur tomba à la renverse sur le chien, le pistolet lui échappa des mains et le coup partit; rendu furieux à son tour, l'animal planta ses dents pointues dans le mollet du brigand. Voyant la silhouette de ce dernier dans l'embrasure de la porte, l'âne lui décocha une terrible ruade qui expédia le malheureux hors de la maison. Et le coq salua toute l'opération d'un puissant cocorico. "Fuyons! Fuyons! Quittons cette maison! Une terrible sorcière m'a griffé au visage, un démon m'a mordu la jambe, et un monstre horrible m'a battu à coups d'un énorme bâton! Et puis..." Mais les autres brigands ne l'écoutaient déjà plus: terrorisés, ils fuyaient à toutes jambes l'endroit maudit. L'âne, le chien, le chat et le coq devinrent ainsi, et sans grand effort, maîtres des lieux. Ayant ensuite découvert un petit trésor abandonné par les bandits, ils eurent toujours la table bien garnie et vécurent longtemps heureux ensemble.

Il y avait une fois....

...un lièvre orgueilleux qui défia une tortue patiente dans une course impossible.

Même si cela vous paraît peu vraisemblable, voici leur histoire.

LE LIEVRE ET LA TORTUE

Il était une fois... un lièvre qui se vantait de courir plus vite que tout le monde. Il se moquait d'une tortue et riait de sa lenteur. Un jour, vexée, celle-ci lui répondit:

"Mais pour qui te prends-tu? Oui, d'accord, tu cours vite, mais tu peux très bien être battu!"

Le lièvre se mit à rire:

"Moi, battu à la course? Et par qui? Par toi, peut-être? Il n'y a personne qui puisse me battre: je suis trop rapide! Je parierais n'importe quoi. Veux-tu essayer?"

La tortue, irritée par une telle prétention, accepta le défi.

Le parcours fut fixé et, le lendemain à l'aube, ils se retrouvèrent au départ. Le lièvre bâillait, à moitié endormi, tandis que la tortue, résignée, se mettait lentement en route. Voyant la lenteur de son adversaire, le lièvre songea à faire un petit somme:

"Va! Je fais une petite sieste, puis je te rejoindrai en quatre bonds!"

Il dormit d'un sommeil agité, puis se réveilla en sursaut, cherchant la tortue des yeux; celle-ci était encore tout près, elle n'avait même pas parcouru le tiers du trajet.

Tranquillisé, le lièvre pensa qu'il avait tout le temps de déjeuner: ayant vu des choux dans un champ voisin, il se mit à manger de bon appétit.

Mais ce repas abondant et la chaleur du soleil maintenant haut dans le ciel lui donnèrent de nouveau envie de dormir. Le lièvre jeta un coup d'œil distrait à la tortue qui était à mi-parcours et décida de faire un dernier petit somme avant de rejoindre l'arrivée. Il s'endormit avec le sourire, en pensant à la tête que ferait la tortue quand il la dépasserait. Peu après il ronflait, heureux!

Le soleil commençait à descendre à l'horizon, et la tortue, qui depuis le matin se hâtait avec lenteur vers l'arrivée, était parvenue à moins d'un mètre de la fin du parcours. Ce fut alors que le lièvre se réveilla en sursaut; épouvanté, il vit la tortue loin, très loin, et s'élança à sa poursuite!

Jetant rapidement ses pattes d'avant en arrière, le souffle court, la langue pendante, le lièvre courut pour la rejoindre. Encore quelques bonds et il réussirait! Mais le dernier bond ne fut pas suffisamment long: la tortue avait déjà franchi la ligne d'arrivée!

Le lièvre, épuisé et humilié, se laissa tomber à côté de son adversaire qui le regarda en souriant et lui dit:

"Rien ne sert de courir, il faut partir à point!"

LE RENARD
ET LA CIGOGNE

Il était une fois... un renard qui, s'étant lié d'amitié avec une cigogne, pensa bien faire en l'invitant à dîner. Il était en train de choisir le menu quand l'idée lui vint de jouer un tour à son hôtesse. Il apprêta un bouillon délicieux qu'il versa dans deux assiettes plates et, peu après, accueillit ainsi l'invitée: "Entrez Madame, je vous prie! En votre honneur, j'ai préparé quelque chose qui ne vous déplaira pas, j'en suis sûr! Du bouillon de grenouilles et du persil haché: vous allez goûter cette délicatesse!"

"Merci! Merci!" répondit la cigogne toute contente, en humant l'alléchant repas. Mais soudain, elle comprit la plaisanterie: malgré tous ses efforts, son long bec ne lui permit pas de boire le bouillon dans l'assiette plate, tandis que le renard, un petit sourire aux lèvres, insistait: "Buvez! Buvez! Vous aimez?"

Il ne resta à la pauvre cigogne qu'à faire contre mauvaise fortune bon cœur, et elle répondit sur un ton indifférent:

"Excusez-moi, un terrible mal de tête m'a brusquement coupé l'appétit!" Le renard s'empressa de lui répondre:

"Je suis désolé! Un si bon bouillon! Dommage, ce sera pour une autre fois!" La cigogne fut prompte à la réaction:

"D'accord! Mais la prochaine fois, ce sera mon tour de vous inviter!" Et le jour suivant, le renard trouva sur sa porte un billet par lequel la cigogne l'invitait courtoisement à dîner chez elle.

"Comme elle est gentille, pensa le renard; elle ne s'est même pas vexée de la plaisanterie que je lui ai faite! Elle a vraiment de la classe!"

La maison de la cigogne n'était pas aussi bien arrangée que celle du renard et la maîtresse de maison s'en excusa:

"Ma demeure est beaucoup plus simple que la vôtre, cher Monsieur. En revanche, je vous ai préparé une vraie spécialité: de petits crabes de rivière au vin blanc et des baies de genièvre!"

Le renard s'en léchait déjà les babines et approcha son museau de la cruche que la cigogne lui offrait. Cependant il ne réussit pas à toucher à la nourriture: son museau ne passait pas le col trop étroit de la cruche. En revanche, la cigogne, grâce à son long bec, se régalait. "Goûtez! Goûtez! Vous aimez?" demandait-elle ironiquement.

Le pauvre renard, bafoué et confus, n'eut même pas la présence d'esprit d'inventer une excuse pour justifier son jeûne forcé.

Le soir, en se retournant dans son lit, pris d'insomnie et affamé, il repensa au repas non consommé et se dit avec résignation:

"J'aurais dû m'y attendre!"

LE COQ, LE CHAT ET LE SOURICEAU

Il était une fois... un souriceau qui, après bien des hésitations, prit courageusement la décision d'aller découvrir le monde.

Il prépara quelques provisions, ferma bien sa porte et partit vers l'inconnu.

Comme c'était beau le monde! Des arbres très hauts, bien plus hauts que ceux où il habitait, des champs immenses, des fleurs et des papillons qu'il ne connaissait pas.

Il marcha longtemps et se retrouva, le soir, près de la maison d'un paysan. Après s'être rassasié, il décida de donner un coup d'œil à ce qui lui semblait une étrange construction.

Il s'approcha de la basse-cour et son émerveillement, déjà grand de toutes les choses découvertes pendant la journée, augmenta encore: devant lui se trouvaient deux animaux inconnus!

Le premier, à quatre pattes, grand, beau, tout couvert d'un poil très doux, avec deux belles moustaches blanches qui lui donnaient un air respectable, somnolait, appuyé contre le mur.

L'autre, en revanche, avait deux pattes, un plumage jaune, rouge et vert, et un air féroce. Sa tête était surmontée d'une crête rouge et ses yeux cruels fixaient le souriceau. "Comment allez-vous? Comment allez-vous, Monsieur..." dit le souriceau pour saluer l'étrange animal, embarrassé de ne pas connaître son nom. Mais l'autre, la poitrine gonflée, poussa un bruyant "Cocorico!" et, sur ses longues pattes, s'approcha du souriceau. Terrorisé, le souriceau vit avancer vers lui l'énorme bec jaune! "Je dois fuir! Je dois..." hurla le souriceau en s'éloignant au plus vite. Il vit un trou dans le mur et s'y glissa. Trois personnages, stupéfaits, le fixaient en silence, puis demandèrent: "D'où viens-tu?"

"Je viens, répondit le souriceau encore tout essoufflé, je viens de loin! Mais où suis-je?"

"Nous sommes des rats des champs! Ceci est notre maison! Raconte, raconte!"

Et le souriceau raconta et décrivit sa rencontre avec les deux animaux, l'un beau et inoffensif, l'autre bariolé et féroce.

Les trois rats se mirent à rire:

"Calme-toi! Calme-toi et prends une tasse de café! Tu ne sais pas quels dangers tu as courus! Celui qui t'a fait peur n'était qu'un coq. Tu n'as rien à craindre de lui.

L'autre, en revanche, celui qui te semblait beau et bon, est notre pire ennemi. Un chat! A cette heure, tu ne serais pas ici s'il t'avait vu! Tu vois, les apparences sont parfois trompeuses."

LE LOUP ET LA GRUE

Il était une fois... un loup connu pour sa férocité et qui fut puni de sa gloutonnerie. Alors qu'il dévorait un agneau, un petit os pointu se planta dans son gosier; depuis ce jour, il ne put plus rien avaler, sinon quelques gorgées d'eau qui ne calmaient pourtant ni sa douleur, ni sa faim. Il eut beau faire, l'osselet restait coincé dans sa gorge. Désespéré, il se mit alors à demander de l'aide à ceux qu'il connaissait, mais tous, effrayés, trouvaient des excuses pour s'éloigner sans le secourir. Jusqu'au jour où le renard, barricadé derrière sa porte, lui cria:
"Je ne peux pas t'ouvrir, car je suis malade; mais va chez la grue, au fond du grand étang! C'est le meilleur médecin de la région."
Le loup se mit en chemin et, chez la grue, il essaya d'être le plus gentil possible:
"Madame grue, j'ai entendu parler de ton talent. Si tu m'aides, tu auras une grosse récompense!"
La grue fut d'abord effrayée, puis elle se laissa convaincre, flattée de pouvoir soigner un malade aussi célèbre, mais intéressée aussi, peut-être, par la récompense promise.
Le loup ouvrit sa grande bouche! A l'idée de regarder dans cette gueule rouge, hérissée de dents acérées, la grue eut un frisson dans le dos; puis elle s'enhardit:
"Je te prie de garder la bouche bien ouverte, même si je te fais mal, sinon je ne pourrait pas ôter l'os!"

Puis elle introduisit sa tête au long bec dans la
gorge du loup et attrapa le maudit osselet.
"Voilà, c'est fait! Maintenant tu peux refermer ta bouche et avaler
tout ce que tu veux!"
Le loup n'en revenait pas: enfin il se sentait la gorge libre! Il serra
et desserra plusieurs fois ses mâchoires: tout fonctionnait à merveille! Il était redevenu le loup d'avant!
La grue, satisfaite, lui dit:
"Tu as vu comme je suis douée? Tu n'as rien senti! Avec mon
bec j'ai enlevé l'objet de tes maux! Et pour ma récompense, je..."

Le loup l'interrompit d'un ton grinçant:
"Ta récompense? Quelle récompense? Tu devrais me remercier
de ne pas t'avoir coupé la tête quand je l'avais dans ma gorge!
C'est moi qui devrais recevoir une récompense!"
La grue, voyant les yeux injectés de sang du loup, comprit le
danger qu'elle courait: d'une si méchante bête, elle ne pouvait
rien espérer et décida qu'à partir de ce jour elle ne soignerait
plus que des malades incapables de lui nuire.

LA CORNEILLE PRETENTIEUSE

Il était une fois... une corneille quelque peu turbulente qui décida de s'éloigner plus que de coutume de l'endroit où elle vivait avec ses compagnes.

Dans la basse-cour d'une ferme, elle se trouva soudain devant deux paons. Quelle merveille!

Elle n'avait jamais vu de plumes aussi belles. Un peu intimidée, elle demanda aux deux oiseaux à l'allure royale qui ils étaient:

"Nous sommes des paons!" répondit l'un, en déployant sa queue en éventail pour faire la roue. Et, tout en se tournant pour montrer à la corneille ses magnifiques plumes multicolores, il poussa son cri.

La corneille, admirative, salua et s'envola; mais, pendant le retour, elle ne cessa de penser aux deux paons:

"Quel merveilleux plumage! Comme il doivent être heureux d'être aussi beaux!" Et elle regardait avec amertume et tristesse ses plumes disgracieuses.

A partir de ce jour, la beauté des paons et sa laideur la tourmentèrent constamment; elle en arriva à ne plus pouvoir se regarder dans l'étang: chaque fois, elle devenait toujours plus mélancolique en voyant son image. Puis elle prit l'habitude d'aller épier les paons. Elle les voyait se déplacer, solennels et majestueux, et leur beauté la rendait de plus en plus envieuse. Or, un jour, la corneille s'aperçut qu'un paon avait perdu une plume. Elle attendit le coucher du soleil pour la ramasser sans être vue et alla la cacher. Puis, pendant des jours et des jours, elle surveilla discrètement les paons et réussit à récupérer quelques plumes perdues. Lorsqu'elle en eut quatre, elle décida de ne plus attendre: avec de la résine de pin, elle fixa les merveilleuses plumes à celles de sa queue et, toute fière, commença à se pavaner:

"Regardez ma queue, comme elle est belle!" disait-elle, méprisante. "Je ne suis pas aussi laide que vous! Ecartez-vous, laissez-moi passer, vilaines corneilles déplumées!"

Les corneilles, tout d'abord émerveillées, finirent par s'indigner, puis à rire et à se moquer de leur compagne:

"Même avec quatre plumes bariolées, tu restes une corneille comme nous!" raillèrent-elles.

"Non seulement vous êtes vilaines, mais vous êtes aussi stupides!" répondit la corneille imbue d'elle-même. Et elle décida d'aller vivre avec les paons.

Ceux-ci, en voyant l'étrange oiseau, le prirent pour un paon dépourvu de la plus grande partie de ses plumes et l'accueillirent avec compassion. La corneille, tirant parti de cette équivoque, crut bon de se faire admirer davantage en essayant d'imiter le cri des paons lorsqu'ils font la roue. Mais elle n'obtint qu'un "croa!... croa!..." disgracieux et rauque, et la supercherie fut découverte. Les paons, devenus furibonds, lui arrachèrent ses fausses plumes et la chassèrent à coups de bec. Pauvre corneille! Lorsqu'elle revint vers ses compagnes, celles-ci la reçurent très mal. Pour avoir trop voulu, elle se retrouva sans rien, seule et rejetée de tous.

LE PASSAGE TROP ÉTROIT

Il était une fois... une belette très gourmande qui mangeait avec avidité tout ce qu'elle trouvait. Mais elle en fut bien vite punie.

Dans une grange abandonnée, elle trouva des œufs pourris et s'en gava selon son habitude. Mais, peu après, elle fut prise d'un terrible mal de ventre; ses yeux se brouillèrent et elle sentit son front couvert de sueur froide.

Pendant des jours, elle resta entre la vie et la mort. Puis la fièvre tomba et elle pensa être guérie. Elle comprit alors la gravité de sa maladie: elle était faible, amaigrie, son pantalon flottait sur son ventre vide. Lorsqu'elle se hasarda à grimper de nouveau sur un arbre pour voler les œufs d'un nid, elle eut un malaise et tomba.

Elle se trouva ainsi affligée, en plus, d'une foulure à la cheville! Déjà affaiblie par la faim, il lui fallait maintenant se traîner dans ses recherches de nourriture; et plus le temps passait, plus sa faim augmentait. La chance finit quand même par lui sourire. Jusque-là, elle avait toujours évité de s'approcher des maisons des hommes, mais l'appétit l'avait conduite près d'une auberge, à la limite d'un village.

L'air était plein d'odeurs appétissantes, ce qui fit saliver la belette; elle imagina toutes les bonnes choses accumulées derrière ces murs, et découvrit tout à coup une ouverture. Elle y passa le nez et fut saisie tout de suite par une bouffée d'odeurs encore plus suaves et alléchantes.

Elle commença frénétiquement à élargir la brèche. Les grosses pierres du mur étaient soudées entre elles par de la chaux qui s'effritait sous ses griffes; bientôt, elle n'eut plus

qu'à pousser une des pierres. Usant de tout son poids et de toutes ses forces, elle parvint enfin à se frayer un passage, et un spectacle merveilleux se présenta à elle: le garde-manger de l'auberge! Jambons, salamis, fromages, miel, confitures... La belette ne savait par où commencer! Mais elle y alla joyeusement, sautillant d'une bonne chose à l'autre, la bouche toujours pleine. Puis sa faim s'apaisa; rassasiée, elle tomba dans un sommeil profond. Puis elle se réveilla et se remit à manger, et s'endormit à nouveau. La bonne nourriture lui rendait ses forces; les jours suivants, elle put grimper sur les étagères plus hautes et s'emparer des meilleurs morceaux. La belette ne faisait que goûter un peu à tout, mais elle grignotait sans cesse. Elle était devenue joyeuse et se parlait à elle-même: "Salami comme hors-d'œuvre... Non, du jambon, c'est mieux! Un peu de fromage doux, et un peu de celui-là, plus piquant! Je prendrai encore une saucisse au chou!"

Elle finit par grossir tellement que le bouton de son pantalon sauta. Mais une telle chance ne pouvait durer. Un après-midi, le grincement d'une porte la pétrifia d'épouvante, et le morceau qu'elle avalait resta coincé dans sa gorge! Des pas lourds descendirent l'escalier; la belette regarda autour d'elle, éperdue, à la recherche d'une cachette. La peur d'être découverte la poussa à fuir: elle s'élança vers l'ouverture par laquelle elle était entrée. Sa tête et ses épaules passèrent, mais non son ventre, qui avait enflé démesurément.

La situation était dramatique: elle ne pouvait ni avancer, ni reculer! Deux fortes mains saisirent sa queue qui s'agitait frénétiquement: "Sale voleuse! Tu croyais t'en tirer à bon compte, n'est-ce pas? Tu mérites un bonne leçon!"

Aussi bizarre que cela puisse paraître, ce qui vint alors à l'esprit de la belette gourmande, ce fut le regret de l'époque où elle avait été obligée de jeûner!

LE LOUP ET L'AGNEAU

Il était une fois... un loup tyrannique et féroce.

Poussé par la soif, il s'était arrêté au bord d'un ruisseau; alors qu'il se désaltérait d'eau limpide, il aperçut un peu plus bas un agneau qui en faisait de même.

Voyant l'animal sans défense, il décida de le dévorer:

"Comme il est gros! Et comme il doit être tendre! Ce sera un délice! Il y a si longtemps que pareille aubaine ne s'est pas présentée! Mais si je veux éviter que l'on me reproche de l'avoir dévoré, je dois trouver un prétexte pour me disputer avec lui."

L'agneau, qui ne se doutait de rien, entendit tout à coup une voix caverneuse:

"Eh, toi, là-bas! Tu troubles l'eau que je vais boire!"

Surpris, l'agneau répondit:

"Excusez-moi, Monsieur Loup, mais il est impossible que je trouble votre eau. Je me trouve plus bas que vous et l'eau descend, elle ne monte pas!"

Le loup resta confus et chercha vite un autre motif de dispute:

"Je sais qu'il y a six mois tu es allé raconter que je suis tyrannique et féroce!"

Effrayé, l'agneau se mit à trembler et répondit dans un souffle:

"Mais, Monsieur Loup, comment pouvez-vous penser une chose pareille? Je vous assure que je n'ai jamais médit de vous, et, même si je devais parler de vous à l'avenir, ce ne serait qu'en bien!"

Puis il se souvint, avec soulagement, qu'il pouvait prouver son innocence:

"Il y a six mois, je n'étais même pas né! Voilà la preuve que je n'ai pu dire du mal de vous!"

Mais le loup, impatient d'avaler l'agneau, ne le laissa même pas finir: "Si ce n'était toi, c'était donc ton père!" Et il se jeta sur lui et le dévora.

Malheureusement, les innocents sont souvent soumis à la loi du plus fort!

LE SINGE SOUVERAIN

Il était une fois... il y a très longtemps, dans une jungle impénétrable, des animaux de toutes races qui vivaient heureux, gouvernés par un lion vieux et sage. Un jour, malheureusement, le roi mourut et les animaux durent lui choisir un successeur. La couronne du roi défunt était en or et sertie de pierres précieuses. Il fut décidé que tous ceux ayant l'intention de succéder au roi devaient s'annoncer; chacun essayerait la couronne, et celle-ci serait attribuée à qui la porterait le mieux.

Ils furent nombreux à se présenter, mais la couronne n'allait à personne: celui-ci avait la tête trop petite, celui-là trop grosse, un autre encore avait des cornes ou des oreilles gênantes... En définitive, personne ne réussit à la porter convenablement. Arriva alors un singe qui prit la couronne et se mit à plaisanter, à amuser la foule par de drôles accrobaties: il l'enfila d'abord jusqu'à la taille, puis, ondulant des reins, il exécuta une danse étrange sans la laisser tomber. Il la lança en l'air, toujours plus haut, et la rattrapa chaque fois au vol. Couché par terre, il la fit tourner très vite sur la pointe de ses pieds, puis se releva et la rattrapa de ses pieds, puis se releva et la rattrapa de ses mains. Tous les animaux de l'assemblée applaudirent longuement ces performances. Stimulé, le singe poursuivit son numéro et l'assemblée, amusée, décida de lui laisser la couronne et de le proclamer roi!

Seul le renard n'était pas d'accord:

"Un animal aussi stupide ne peut être notre souverain! Je ferai tout pour lui faire perdre la couronne!"

Un jour, il évita par hasard un piège que des hommes avaient placé à la lisière de la forêt; en cachette, il le transporta près de l'arbre où habitait le singe et le recouvrit de feuilles sèches, puis se procura un grand régime de bananes et appela le singe:

"Sire! Sire! Pouvez-vous m'aider? J'ai trouvé des bananes mûres et je voudrais vous les offrir; mais je ne peux pas grimper sur les arbres aussi agilement que vous! Je vous prie donc de descendre!" Le singe, sans le moindre soupçon, se précipita.

Il allait se saisir des bananes lorsque le piège referma ses mâchoires d'acier sur ses jambes.

Le renard se mit à rire: "Quel roi stupide nous avons! Il tombe dans un piège pour quelques bananes!"

Il appela les autres animaux et répéta: "Regardez votre souverain, à quel point il est stupide! Il ne sait même pas éviter un piège! Comment le pensez-vous capable de nous guider dans les moments difficiles s'il ne sait même pas se contrôler lui-même?"

Tous furent convaincus par les arguments du renard et, séance tenante, le roi fut dépossédé de sa couronne. Depuis lors, cette forêt est la seule où les animaux se passent très bien d'un roi!

LE RENARD ET LES RAISINS

Il était une fois... dans un bois, un renard leste et fourbe.
Les lapins, les souris, les oiseaux et tous les autres animaux
fuyaient à son apparition, car tous savaient combien il était cruel
et insatiable. Et il arriva que le renard soit de ce fait contraint de
s'approcher des maisons des hommes pour trouver à manger.
La première fois, il eut de la chance: à côté d'une ferme isolée, un
poulailler lui permit de se rassasier.
"Sont-ils stupides, ces hommes! Laisser des poules si tendres et
si grasses sans gardien!" se dit-il en s'éloignant, la gueule pleine
de plumes. Quelques jours après, il décida de revisiter le poulailler. Il s'approcha furtivement de la palissade et, bien qu'un filet
de fumée sortît de la cheminée de la maison, il n'entendit ni voix,
ni bruits. Il fit un grand saut et fut à l'intérieur du poulailler; les
poules s'égaillèrent en caquetant et le renard en avait attrapé une
lorsqu'un gros caillou l'atteignit au flanc.
"Sale bête! Je t'ai attrapée finalement!" hurlait un homme, un bâton à la main. Comme si cela ne suffisait pas, un gros chien arriva en courant et le renard, ayant lâché sa poule, chercha à fuir!
Mais il calcula mal son élan et rata son saut. Les coups de bâton
pleuvaient sur son dos et il sentait déjà les dents pointues du
chien lui mordre une oreille; il fit un effort désespéré et réussit à
franchir la barrière.

Courbattu, endolori, le renard courut vers la forêt. Ayant atteint une butte, il se retourna pour vérifier s'il était suivi:
"Dommage! Toutes ces poules!..."
Il avala sa salive et ressentit plus fortement les crampes de son estomac vide.
Au-dessus de lui, une vigne étendait ses sarments d'où pendaient de grosses grappes bien mûres.
"A défaut d'autre chose..." se dit le renard; et il sauta pour les attraper mais n'y parvint pas.
Il s'éloigna un peu pour prendre de l'élan et essaya encore. Rien à faire! Ni cet autre saut ni les suivants ne donnèrent de résultat: les grappes restaient inaccessibles.
Une corneille qui l'observait se moqua de lui: "Croa... croa!..."
"Ce raisin est trop acide! Je reviendrai quand il sera mûr!" dit à haute voix le renard; et il gonfla sa poitrine pour se donner une contenance!
Endolori par les coups, le ventre vide, il retourna vers sa forêt...

LA CIGALE
ET LA FOURMI

Il était une fois... une cigale joyeuse qui, durant l'été, préférait chanter du matin au soir, perchée sur une branche. Au-dessous d'elle, allaient et venaient des fourmis occupées à transporter des grains de blé. Interrompant son chant, la cigale s'adressa aux travailleuses: "Mais pourquoi vous fatiguez-vous tant? Venez ici vous protéger du soleil, et nous pourrons chanter ensemble!"

Mais les fourmis ne se laissèrent pas tenter et poursuivirent leur travail: "Nous ne pouvons pas! Nous devons faire nos provisions pour l'hiver! Quand le froid viendra et que la neige recouvrira la terre, nous ne trouverons plus rien à manger et nous ne pourrons survivre que si nous avons assez de réserves.".

"L'été est encore long; vous avez tout le temps de faire vos provisions! Moi, je préfère chanter! Avec cette chaleur, il est impossible de travailler!" Et la cigale continua de chanter et les fourmis de travailler; les jours passèrent, puis les semaines, puis les mois.

A l'automne, les arbres commencèrent à perdre leurs feuilles, puis la cigale descendit de son arbre désormais dépouillé.
L'herbe aussi devint toujours plus jaune et rare. Un matin, la
cigale s'éveilla transie de froid; les champs étaient couverts de la
première gelée, l'hiver était là!
La cigale se mit à errer, se nourissant de quelques tiges sèches
qui sortaient encore de la terre dure et gelée. La neige arriva, et
la cigale ne trouva plus rien à manger. Affamée et grelottante de
froid, elle pensait avec regret à la chaleur et aux champs de l'été.
Un soir, elle vit la lumière d'une demeure dans le lointain et,
brassant la neige, s'en approcha.
"Ouvrez! Ouvrez, s'il vous plaît! Je meurs de faim! Donnez-moi
quelque chose à manger!"
"Qui est-ce? Qui est-ce qui frappe?"
"C'est moi, la cigale! J'ai faim, j'ai froid et je suis sans abri!"
"La cigale? Ah! Je me souviens de toi! Qu'as-tu fait durant tout
l'été, pendant que nous travaillions pour affronter l'hiver?"
"Moi, je chantais et je remplissais de mon chant ciel et terre!"
"Tu chantais?" répliqua la fourmi; "et bien, danse maintenant!"

LE CHEVAL ET L'ÂNE

Il était une fois... un vieux charretier qui gardait dans la même écurie un cheval et un âne. Même s'il les aimait tous deux également, le cheval, qu'il utilisait pour tirer la charrette, recevait une meilleure nourriture et plus d'attention que l'âne.

Celui-ci, conscient de valoir moins que son compagnon, ne s'était jamais plaint de ces traitements différents et acceptait sans protester d'être nourri de paille plutôt que de foin ou d'avoine.

Lorsque les deux bêtes portaient sur leur dos des sacs au marché, l'âne était plus chargé que le cheval: le charretier préférait ne pas fatiguer le noble animal, alors qu'il ne se souciait guère de la santé du baudet.

Du temps passa; le cheval restait beau et imposant, mais l'âne devenait toujours plus maigre et plus faible. Un jour, alors qu'ils se trouvaient en route pour le marché, et que le cheval n'avait que deux sacs suspendus à la selle, comme d'habitude, et l'âne bien davantage, celui-ci se plaignit:

"Je n'en peux plus! Aujourd'hui je suis plus faible que jamais, mes jambes ne me portent plus et, si je ne me décharge pas d'un peu de mon fardeau, je ne pourrai plus avancer! S'il te plaît, ne voudrais-tu pas maider?"

En entendant ces mots, le cheval qui s'était toujours montré hautain à l'égard de son compagnon, le toisa fièrement et dit:

"Le maître t'a chargé plus que moi parce que les ânes sont des bêtes de somme qui doivent porter plus de poids que nous, les nobles chevaux!"

Le pauvre baudet, abattu, continua péniblement son chemin; mais peu après, la langue pendante et les yeux hagards, il s'arrêta de nouveau: "Je t'en prie, écoute-moi! Si tu ne m'aides pas, je crois que je n'arriverai pas vivant au marché!"

Mais le cheval, une fois encore, lui répondit dédaigneusement: "Allez! Du courage! Tu réussiras tout seul, même cette fois!"

Mais cette fois le baudet fit encore deux pas et s'écroula, mort!
Quand il vit l'âne tomber, le maître, qui suivait à distance en
cueillant des champignons le long de la route, accourut:
"Pauvre bête! Elle m'a servi fidèlement pendant bien des années!
Il est possible que je l'aie trop chargée."
Puis il s'adressa au cheval: "Viens ici, toi! Désormais tu devras
aussi porter le fardeau de ton compagnon!"
Et tous les sacs du baudet finirent sur le dos du cheval.
"J'aurais mieux fait de l'aider quand il était encore en vie! Un peu
de poids en plus ne m'aurait pas fatigué, tandis que maintenant,
j'ai peur de mourir moi aussi, sous cet imposant fardeau!" pensa
le cheval. Mais son repentir tardif ne diminua pas sa fatigue.

LE LION S'EN VA-T-EN GUERRE

Il était une fois... un lion qui avait décidé de déclarer la guerre à ses voisins. Il appela ses ministres et ordonna de réunir une armée. La convocation était ainsi formulée:

"Roi Lion ordonne que tous les animaux de cette forêt se présentent demain devant lui pour aller à la guerre. Personne ne devra manquer à l'appel!"

Les sujets se présentèrent donc, et le lion donna ses ordres:

"Toi, l'éléphant, qui es le plus gros, tu porteras sur ton dos l'artillerie et les provisions pour tous!"

"Toi, le renard, qui as la réputation d'être rusé, tu m'aideras à étudier les plans de guerre!"

"Toi, le singe, qui es si agile et qui sais monter aux arbres et en redescendre rapidement, tu feras le guet et tu suivras d'en haut les mouvements de nos adversaires!"

"Toi, l'ours, qui es souple et fort, tu escaladeras les murs des forteresses et sèmeras la terreur chez nos ennemis!"

Parmi les animaux convoqués, il se trouvait aussi l'âne et le lapin. En les voyant, les ministres secouèrent la tête, et l'un dit:

"Majesté, l'âne ne me semble pas tellement apte à combattre: c'est un animal peureux."

Le lion observa l'âne et s'adressa à ses conseillers: "Son braiment est plus puissant que ma voix. Il restera à mes côtés et me servira de trompette pour réunir nos troupes."

Les ministres lui désignèrent alors le lapin:

"Celui-là est même plus peureux que l'autre. Nous devrions le renvoyer chez lui!"

Le lion se mit à réfléchir et s'approcha du lapin:

"Toi qui échappes toujours à tes ennemis, tu as appris que pour te sauver tu dois courir plus vite qu'eux. Tu seras donc mon messager et, en un éclair, tous les soldats recevront mes commandemments."

Puis, s'adressant à tous, il déclara:

"Chacun peut se rendre utile en temps de guerre et participer à l'effort commun, selon ses possibilités!"

LE CERF VANITEUX

Il était une fois... un cerf à longs bois et très vaniteux. Quand il s'arrêtait pour boire l'eau des ruisseaux, il restait des heures à contempler son reflet. "Comme je suis beau! se disait-il; personne dans la forêt ne possède de bois aussi beaux que les miens!" Puis il s'éloignait, hautain et majestueux.
Il avait aussi de longues pattes fines, comme tous les autres cerfs du reste, mais il se disait souvent qu'il préférerait se casser une patte plutôt que de se priver d'une seule branche de ses magnifiques bois. Pauvre cerf, comme il se trompait!
Un jour, alors qu'il se régalait tranquillement des bourgeons de quelque branche basse, il entendit un coup de feu, au loin, et prit peur. Peu après, ce furent les aboiements des chiens de chasse.
La panique s'empara de lui; il savait que les chiens étaient des ennemis de sa race et qu'il leur échapperait difficilement s'ils pouvaient flairer son odeur.

Il fallait fuir! Fuir au plus vite!

Il s'élança le long du sentier de la forêt et se mit à courir toujours plus vite, terrorisé par la meute qui se rapprochait. Il courait droit devant lui, sans but précis, uniquement préoccupé de distancer ses poursuivants.

Enfin la forêt s'ouvrit sur une clairière:

"Je suis peut-être sauvé!" se dit-il face à ce terrain dégagé où il pourrait aller à toute vitesse sur ses fines pattes agiles.

Les aboiements des chiens lui parurent plus lointains; encore quelques bonds et il serait sauvé; mais, en passant sous un arbre, ses bois se prirent dans les branches basses! De toutes ses forces il chercha à se libérer, en agitant la tête. En vain! Il restait prisonnier de l'arbre.

Les chiens, très vite, furent tout près; et le cerf, voyant venir la mort, eut encore un bref instant pour songer au passé:

"Comme je me trompais! Je pensais que mes bois étaient la partie la plus belle et la plus précieuse de mon corps. Et c'étaient mes pattes! Elles seules ont cherché à me sauver, alors que mes bois m'ont trahi!"

LE CHEVAL ET LE LOUP

Il était une fois... un cheval qui paissait tranquillement dans un grand pré d'herbe verte et tendre.

Un loup affamé, qui passait par là, vit le cheval et en saliva d'envie:

"Quel beau cheval! Comme sa chair doit être bonne! Quels beaux biftecks je pourrais me faire! Dommage qu'il soit si gros, je ne réussirai pas à le terrasser; mais, peut-être..." (le loup s'approcha avec précaution du cheval qui continuait à brouter) "...peut-être qu'avec un peu d'astuce je pourrai l'avoir par surprise."

Le loup, tout près maintenant, s'efforça d'adoucir sa voix et dit:

"Bonjour, Monsieur Cheval! Je vois que vous avez de l'appétit! L'herbe est bonne? Je vous trouve un peu pâlichon: n'êtes-vous pas malade?"

Le cheval, la bouche pleine, répondit sans cesser de mâcher: "Pâle, moi?! Non, je suis blanc et gris. C'est ma couleur naturelle!"

Le loup fit comme s'il n'avait pas compris: "Si, si! Vous êtes pâle! Votre maître a bien fait de vous laisser reprendre des forces en paissant dans le pré au lieu de vous faire travailler!"

"Reprendre des forces? Je vais très bien!..."

Le loup qui, pendant ce temps, avait fait le tour du cheval pour étudier de quel côté l'assaillir, continua: "Je suis médecin et je peux vous aider: si vous me dites où vous avez mal, je suis sûr de vous guérir. Croyez-moi, laissez-vous examiner!"

Le cheval, qui habituellement n'était pas très méfiant, devint soupçonneux devant l'insistance du loup et se mit sur ses gardes.

Le loup s'apprêtait à lui sauter dessus lorsque le cheval s'exclama: "Voilà! Maintenant que j'y pense... j'ai une douleur à la patte postérieure: elle est enflée depuis longtemps..."

Le loup, sans réfléchir, s'approcha de la patte que le cheval avait entre-temps levée.

Lorsque le cheval fut bien sûr que l'autre se trouvait au bon endroit, il décocha une terrible ruade qui le frappa à la mâchoire et l'envoya rouler au loin!

"Voulez-vous encore m'examiner?" s'entendit demander le loup alors qu'il reprenait ses esprits...

"Non, merci! Pour aujourd'hui, j'ai eu ma dose!" Et il s'en alla tout penaud, en s'efforçant de ne plus penser aux biftecks de cheval.

LE BŒUF ET LA GRENOUILLE

Il était une fois... une grenouille prétentieuse qui ne perdait aucune occasion de démontrer sa supériorité sur ses compagnes. Celles-ci voulaient-elles sauter? Elle tentait de sauter plus haut. Voulaient-elles plonger? Elle tentait de se mettre à l'eau avant les autres. En tout, elle voulait toujours être la première.

Un jour, un gros bœuf vint au bord de leur étang pour se désaltérer, et les grenouilles s'enfuirent parmi les roseaux. Puis, quand elles s'aperçurent que l'animal n'était pas méchant, elles sortirent de leur cachette. "Quelle bête énorme!" dirent-elles; puis l'une s'exclama: "Pour faire une grenouille aussi grosse que ce bœuf-là, il en faudrait au moins cent comme nous!"

La grenouille prétentieuse, qui avait été plus effrayée que les autres quand le bœuf s'était approché de l'étang, finit par rejoindre ses compagnes.

Après avoir écouté leurs commentaires, elle remarqua: "Oui, il est plus gros que nous toutes, mais il ne me semble pas si énorme!"

Comme ses compagnes ne l'écoutaient pas, la grenouille prétentieuse gonfla sa poitrine et dit:

"Moi aussi, je peux devenir aussi grosse que le bœuf! Regardez!" Les grenouilles se mirent à rire: "Tu es petite, trop petite!"

La grenouille gonfla davantage sa poitrine:

"Regardez, maintenant!" murmura-t-elle pour ne pas perdre son souffle.

"Tu es encore trop petite!" ricanèrent ses compagnes.

La grenouille présomptueuse fit un dernier effort désespéré: elle inspira le plus d'air qu'elle put et... "BOUMMM!!" sa peau tendue éclata.

Les autres, abasourdies, constatèrent qu'elle avait disparu. Il ne restait plus que de petits lambeaux de sa peau verte!

Le bœuf, qui avait levé la tête en entendant l'éclat, se remit tranquillement à boire; et les grenouilles s'éloignèrent en disant: "Qui trop embrasse, mal étreint!"

LE CHIEN GLOUTON

Il était une fois... un chien qui avait volé un gros bifteck au boucher. S'étant enfui dans les bois pour le manger en paix, il parvint au bord d'un ruisseau et vit son reflet dans l'eau. Mais il ne comprit pas que c'était le sien: il crut qu'il s'agissait d'un autre chien avec un gros bifteck dans la gueule.

Glouton comme il était, il plongea pour arracher le beau morceau; bien entendu, dès qu'il fut dans l'eau, l'image disparut. Et il eut beau la chercher, il ne trouva trace ni du chien, ni de la viande.

Alors il s'aperçut qu'en aboyant pour effrayer l'autre chien, il avait laissé tomber à l'eau son propre bifteck, et que, le courant étant rapide, il avait été emporté.

Malgré toutes ses recherches, il ne put le retrouver.

Lui qui voulait deux biftecks n'en eut même pas un!

LES CHÈVRES OBSTINÉES

Il était une fois... deux chèvres qui descendaient une vallée de montagne, chacune de son côté. Au fond coulait un gros torrent impétueux. Pour pouvoir le traverser, les habitants du lieu avaient jeté entre les deux rives escarpées un gros tronc, abattu par la foudre. Et c'est au milieu de ce pont de fortune que les deux chèvres, qui voulaient traverser en même temps, se trouvèrent face à face.

Le tronc était trop étroit pour leur permettre de se croiser; et ni l'une ni l'autre ne voulut céder le passage.

Elle commencèrent donc à se disputer, mais aucune n'accepta de faire demi-tour.

Des menaces, elles en vinrent aux actes et se donnèrent des coups de cornes jusqu'au moment où, fatalement, toutes deux tombèrent dans le torrent.

N'aurait-il pas été plus simple que l'une des deux se montre aimable et cède le passage?

LE LION ET LE MOUCHERON

Il était une fois... un tout petit moucheron qui, s'étant approché d'un lion, commença à le harceler.

"Va-t'en!" grommela le lion à moitié endormi; et il se donna une gifle sur la joue pour tenter de chasser l'importun.

"Pourquoi devrais-je m'en aller? rétorqua le moucheron vexé; tu es peut-être le roi de la forêt, mais non celui des airs. Je suis libre de voler où je veux et de me poser où bon me semble!" Et, disant ces mots, il alla lui chatouiller une oreille.

Le lion essaya de le surprendre et de l'écraser en se donnant un grand coup, ce qui le laissa tout étourdi: "Je ne l'entends plus; je l'ai peut-être écrasé, à moins qu'il ne soit parti!"

Mais, peu après, le bourdonnement du moucheron recommença et l'insecte s'enfila dans une des narines du lion.

Au comble de la rage, le fauve se dressa et se mit à se frapper le nez de ses pattes; mais l'insecte, se sentant en sécurité, ne bougea pas. Finalement, les yeux pleins de larmes et le nez enflé, le lion éternua violemment et le moucheron fut projeté hors de son refuge. Fâché d'avoir été délogé si brutalement, il revint à la charge:

"ZZZzzz... ZZZzzz..." bourdonna-t-il en tournant autour de la tête du lion.

Tout grand et fort qu'il était, celui-ci ne réussit pas à saisir son minuscule adversaire. Sa rage augmenta de plus en plus, jusqu'au moment où, exacerbé, il rugit effroyablement. Aux alentours, les animaux de la forêt s'enfuirent, épouvantés. Le moucheron, lui, resta tranquillement devant le fauve épuisé et lui annonça triomphalement:

"As-tu vu, roi de la forêt? Tu es battu par un petit moucheron comme moi." Et, fier de sa victoire, il s'envola. Malheureusement, il ne prit pas garde à la toile d'une grosse araignée et y resta prisonnier. "Un petit moucheron! Pouah! Mais c'est toujours mieux que rien, même si j'aurais voulu quelque chose de plus gros pour mon dîner."

Et c'est ainsi que périt celui qui avait voulu défier le lion.

233

LE CORBEAU
ET LE RENARD

Il était une fois... un gros corbeau qui, après avoir dérobé un morceau de fromage, s'était perché sur un arbre pour le manger tranquillement. Un renard, qui passait par là, s'arrêta, alléché par l'odeur.

"Du fromage? Mmm, cela me fait envie... si je pouvais!..." se dit-il.

Peu après, il s'adressa au corbeau: "Que tu es beau! Jamais je n'ai vu de corbeau aussi grand et aussi majestueux que toi! Et quel plumage brillant! Et puis tu as des pattes fines, comme il convient à un oiseau noble! Et un bec royal! Voilà ce que tu as! Un bec digne d'un roi! On devrait te proclamer roi des oiseaux!"

Le corbeau, sur sa branche, en entendant louer ainsi sa beauté, se dressa, hautain, en battant des ailes. Le renard, en dessous, le fixait avec admiration et le corbeau, sensible à ce regard flatteur, ne se sentait plus de joie. D'une voix toujours plus douce, le renard poursuivit:

"Et quels beaux yeux tu as! Si

expressifs! Vraiment, ce sont les yeux d'un corbeau de race! Depuis que je te regarde, je n'ai vu aucun défaut en toi. Tu es parfait!"

Le corbeau, qui n'avait jamais été flatté de la sorte, écoutait béatement les paroles de son admirateur: "Je n'ai pas encore entendu ta voix. Mais je suppose qu'un animal aussi parfait ne peut que chanter merveilleusement bien."

Le corbeau, qui jusqu'alors s'était contenté d'écouter, un peu crédule, les flatteries du renard, eut quelques doutes. Il n'avait jamais entendu dire que les corbeaux chantaient bien, mais enfin, lui qui était si beau, peut-être avait-il aussi une jolie voix. Il n'y avait jamais songé!

Il abaissa son regard vers le renard qui poursuivait: "Allez, roi des oiseaux, fais-moi entendre ton doux chant!"

Le corbeau ne sut pas résister davantage à ces dernières paroles: il ouvrit son bec et, de tout son souffle, se mit à croasser: "Croa, croa...!"

Le morceau de fromage tomba et le renard n'eut qu'à ouvrir la bouche pour s'en saisir au vol.

"Je l'ai bien mérité", se dit-il en savourant le délicieux fromage. Puis, se léchant les babines, il leva la tête vers l'oiseau: "Stupide corbeau! Tu es bien l'oiseau le plus vilain que j'aie jamais vu, tu as la voix la plus désagréable que j'aie jamais entendue, mais surtout, tu es l'oiseau le plus sot que j'aie jamais rencontré! Merci pour le fromage!"

Et, rempli de satisfaction, il s'en alla.

LE LION ET LE RAT

Il était une fois... un rat qui s'était approché imprudemment d'un lion endormi. A force de lui passer sur le corps, il le réveilla. Le lion, fâché, le saisit avec sa patte et le porta à sa bouche, menaçant de le dévorer.

"Majesté, ne me mangez pas! Pardonnez-moi de vous avoir dérangé! Si vous me laissez partir, non seulement je ne vous ennuyerai plus, mais encore je vous en serai reconnaissant et je vous rendrai cette faveur!"

Le lion, qui n'avait jamais vraiment eu l'intention d'avaler une aussi misérable proie, se mit à rire: "Ecoutez-moi ça! Un rat qui croit pouvoir rendre service à un lion! Tu peux m'aider à chasser, peut-être? Ou bien tu veux rugir à ma place?"

Le rat était embarrassé: "Majesté, je..."

"Ça va, ça va! Je te laisse partir!" coupa le lion en relâchant sa prise. Et le rat s'éloigna, libre et heureux.

Quelques jours après, le lion tomba dans un piège et se trouva prisonnier d'un filet aux mailles solides. Il eut beau faire, il ne réussit pas à se libérer. Plus il s'agitait, plus le filet l'enserrait, et vint un moment où ses quatre pattes restèrent prises dans les rets. Désormais, il ne pouvait plus bouger. C'était la fin!

Sa force, ses griffes, ses dents terribles ne lui étaient d'aucune aide. Il allait se résigner à son cruel destin, quand il entendit une petite voix: "Majesté, avez-vous besoin d'aide?"

Le lion, épuisé par tous ces efforts, les yeux pleins de larmes de rage, se tourna:

"Ah! C'est toi! Malheureusement, tu ne peux rien pour moi..."

Mais le rat l'interrompit: "Je peux ronger les cordes! J'ai de bonnes dents et j'en viendrai à bout, même s'il me faut du temps!"

Les dents coupantes du petit rat travaillèrent vite et l'une des pattes du lion fut libérée; puis une autre; enfin il fut complètement débarrassé de ses liens.

"Vous avez vu, Majesté? J'ai réussi à vous rendre la faveur que vous m'aviez accordée l'autre jour, en me laissant partir!"

"Tu as raison, c'est la première fois qu'un animal grand et fort comme moi doit se montrer reconnaissant envers un petit comme toi!"

LE CONSEIL TENU PAR LES RATS

Il était une fois... un gros chat tigré qui, sitôt arrivé dans une ferme, répandit la terreur parmi les rats de la cave. Plus aucun n'osait sortir, de peur de finir entre les griffes du terrible félin. Finalement, la population des rats décida de tenir conseil pour trouver une solution qui éviterait leur extermination. Profitant de l'absence momentanée de leur ennemi, des rats de tous âges arrivèrent au lieu de réunion. Chacun pensa résoudre le problème et fit des propositions; toutes, malheureusement, étaient irréalisables.

"Construisons une énorme trappe, exprès pour lui!" avait suggéré un des participants, mais sans succès.

"Et si nous l'empoisonnions?" avait dit un autre; mais personne ne connaissait de poison pour chat.

Une jeune veuve en colère, dont le mari avait été victime du chat, avait proposé: "Coupons-lui les ongles et les dents, ainsi il sera inoffensif!" Mais sa suggestion fut aussi écartée.

Finalement, un rat plus sage que les autres grimpa sur la grosse lanterne qui éclairait l'assemblée et, en agitant un grelot, demanda le silence; tous se turent pour l'écouter:

"Nous attacherons ce grelot à la queue du chat: ainsi nous saurons à chaque instant où il se trouve. Quand il s'approchera de nous, nous aurons le temps de fuir, et même les plus faibles et les plus lents pourront se cacher!"

Des applaudissements enthousias-
tes accueillirent les paroles du rat
et tous le complimentèrent pour
son idée géniale: "...Nous le lui
attacherons très serré, pour qu'il
ne le perde jamais!"
"...Il ne pourra plus arriver
silencieusement et nous
surprendre! L'autre jour je me suis
tout à coup trouvé face à lui! Vous
pensez!..."
Mais le rat qui était sage agita
encore une fois la clochette pour
calmer l'assemblée:
"Il faut décider maintenant qui ira
attacher le grelot à la queue du
chat!"
La salle se fit silencieuse. Puis l'on
entendit que des murmures:
"Moi, je ne peux pas, parce que..."
"Moi? Non!"
"Moi, j'irais volontiers, mais..."
"Pas moi!"
"Moi non plus!"
Il ne se trouva personne d'assez
courageux pour exécuter le plan, et
la réunion se termina sans que rien
ne fût décidé! C'est une bonne
chose d'avoir des idées; c'en est
une autre de les réaliser!

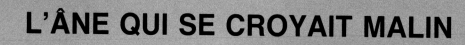

L'ÂNE QUI SE CROYAIT MALIN

Il était un fois... un âne qui se croyait très malin.

Son maître, chaque jour, l'attelait à une charrette chargée de marchandises. Le parcours était toujours le même: il suivait d'abord un large chemin à travers un bois, puis descendait au travers de champs cultivés, longeait ensuite la rivière jusqu'à un gué, et enfin la plaine jusqu'au village. Puisque le trajet ne changeait jamais, le maître avait pris l'habitude de s'endormir sur le siège, et l'âne qui connaissait le chemin par cœur le suivait sans difficulté. Un jour, le maître étant tombé malade, il se hasarda à envoyer l'âne tout seul, avec un chargement urgent. Quand la bête revint, il la récompensa d'une double ration d'avoine: "Puisque tu sais maintenant si bien retrouver le chemin, je t'enverrai toujours seul. Pendant ce temps, je pourrai vaquer à d'autres occupations."

Depuis lors, chaque jour et par n'importe quel temps, l'âne parcourut seul la route, à la grande satisfaction de son maître.

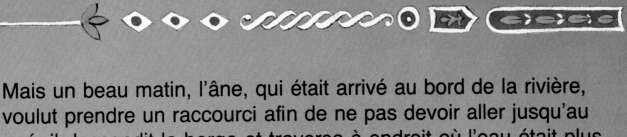

Mais un beau matin, l'âne, qui était arrivé au bord de la rivière, voulut prendre un raccourci afin de ne pas devoir aller jusqu'au gué: il descendit la berge et traversa à endroit où l'eau était plus profonde, beaucoup plus profonde qu'il ne le pensait, et se trouva obligé de nager en plein courant. Ce jour-là, par chance, l'âne amenait du sel au village. Le chargement, détrempé, fondit en partie, ce qui allégea la charge. L'âne n'eut ainsi guère de difficultés pour rejoindre l'autre rive.

"Comme je suis malin! se dit-il, heureux; j'ai trouvé un raccourci!" Le jour suivant, le maître remplit le char d'éponges et l'âne se mit en chemin, comme d'habitude. Quand il parvint à la rivière, il décida de prendre son raccourci, comme le jour précédent. Mais les éponges s'étant imprégnées d'eau, la charge fut plus lourde et la bête ne réussit pas à nager dans le courant... C'est ainsi que l'âne qui se croyait malin disparut dans la rivière avec tout son chargement.

LES ANIMAUX MALADES DE LA PESTE

Il était une fois... dans une grande forêt, des animaux qui furent frappés par un redoutable fléau: la peste! Un à un, grands et petits, forts et faibles, ils tombaient, touchés par la maladie. Personne ne pouvait apparemment songer à éviter ce sort tragique, même pas le lion, roi de la forêt. Il rassembla donc les survivants, et commença son discours d'une voix émue: "Cette calamité est le châtiment de nos fautes. Je vais confesser mes péchés et si vous considérez que ma mort peut expier vos propres fautes, je me sacrifierai volontiers pour vous. J'avoue donc avoir dans ma vie dévoré de nombreux moutons innocents. A vous de me juger!"

"Mais, Sire, répondirent-ils tous, vous ne croyez quand-même pas que manger quelques brebis soit une faute grave! Nous aussi..." Et ils se mirent, tour à tour, à raconter leurs méfaits contre leurs semblables. Le léopard avait tué plus d'une fois, l'aigle avait égorgé des lapins et des agneaux, le loup et le renard avaient volé et massacré. Même le hibou, qui semblait si tranquille, avait sur la conscience la mort d'oisillons et de souris. Chaque confession fut suivie d'un acquittement prononcé par les autres coupables. Finalement, vint le tour de l'âne. Celui-ci, d'un air mortifié, raconta: "Moi aussi j'ai commis une grave faute! Au lieu de me contenter de brouter par-ci, par-là, j'ai mangé un jour, près d'un champ de trèfles, et sans autorisation, deux touffes d'une herbe qui me semblait bien meilleure. Je me suis tout de suite repenti et j'ai repris mon chemin, mais le souvenir de cette faute me poursuit encore!"

Tous les regards se fixèrent, accusateurs, sur le pauvre baudet. Puis ce furent des hurlements et des insultes, et tous furent d'accord de le condamner: "Voilà, on l'a finalement découvert le responsable de la peste! Voler de l'herbe à un pauvre paysan! Quel crime!" Et, à l'unanimité, ils demandèrent la peine de mort! Combien d'innocents ont-ils payé les fautes des vrais coupables!

CONTES ET LÉGENDES DU MONDE ENTIER

INDEX

CONTES ET LÉGENDES DU MONDE ENTIER